公主傳奇

32

穿越從捉迷藏開始

馬翠蘿 著

新雅文化事業有限公司
www.sunya.com.hk

人物簡介

◆ 周曉星 ◆

周曉晴的弟弟，一個風趣幽默的淘氣精，不時有天馬行空的奇怪想法。

◆ 馬小嵐 ◆

來自香港的烏莎努爾公主，聰明美麗、正直善良。敢於向困難挑戰，最喜歡說的話是「天下事難不倒馬小嵐」。

✤ 萬卡 ✤

烏莎努爾公國第十九代國王，風度翩翩、英勇果敢。是國民眼中的好君王，小嵐和曉晴曉星心目中的暖心大哥哥。

✤ 周曉晴 ✤

馬小嵐的好朋友，漂亮活潑，喜歡打扮，最常做的事是和弟弟鬥氣。

目錄

第一章
捉迷藏惹的禍

星期六下午，小嵐和曉晴有事要出去。

「別亂吃東西，否則，哼！」臨走時曉晴張牙舞爪地揮着拳頭，對曉星說。

為了遵從媽媽的囑托——管好曉星的嘴巴不讓他變胖子，曉晴這個姐姐真是操碎了心啊！

「知道了！」曉星顯出一副乖寶寶的樣子，連額頭上都彷彿寫着「我很聽話」四個字。

可是，等兩位姐姐一離開，他就原形畢露了。

「耶，耶耶耶！」曉星興高采烈地朝天揮了幾下拳頭。

趕緊去膳房找方大廚，自從昨天知道姐姐們要出去，他就暗地裏吩咐方大廚給他做年輪蛋糕。上次姐姐們沒給他吃，他就一直記着，發誓有一天要吃整整一個，只是曉晴一直緊緊地盯着他，一直未能如願。

「快快烤好，快出爐，我的蛋糕寶寶，可愛的蛋糕

寶寶。蹦蹦跳跳像是歡樂的精靈，塗滿各色顏料，又像是斑斕的花草。香氣騰騰的蛋糕，終於出爐烤好……」曉星身體左一扭右一扭的，唱着不知從哪裏聽來的一首歌，又唱又跳地朝膳房走去。

咦，後面有腳步聲。不好了，一定是姐姐派了密探，跟蹤監視他！

他猛地一轉身，咦？沒有人啊！

一低頭，看到一隻小胖手朝他揮了揮。哦，原來是小香豬笨笨。

曉星放心了。小香豬笨笨跟他是一夥的，肯定不會當密探。笨笨肯定是看到他朝膳房走去，所以跟在後面，想蹭點吃的。這傢伙的口味也挺奇怪的，正經的豬飼料不吃，就愛吃曉星喜歡的食物。

曉星看看笨笨圓碌碌快拖到地上的小肚子，心想，這傢伙真要減肥了。高熱量的蛋糕，真不能給牠吃。但是，怎樣說服這吃貨呢？

曉星撓撓腦袋想辦法，嘿，真令人操心。

有了！

曉星笑瞇瞇地對笨笨說：「笨笨，咱們玩捉迷藏好不好？」

笨笨一聽馬上點頭，牠最喜歡跟曉星玩捉迷藏了。

「笨笨，你先躲好不好？躲得越久越厲害哦！」曉星繼續哄笨笨。

笨笨發出「哼哼哼」的聲音，牠一定在說「知道了」。

曉星背過身，大聲說：「笨笨，快躲快躲！」

「哼哼！」笨笨應了一聲，就撒開小短腿跑開了。小黑眼睛四處掃了一回，選定了一處花叢，立即鑽了進去。

「躲好沒有？」曉星大聲問道。

「哼哼哼！」笨笨大聲應道。曉星知道牠在說躲好了。

曉星朝聲音發出的地方走去，見到一條小尾巴在「霍霍霍」地搖着，便假裝沒看見，從旁邊拐過去了，一邊走還一邊說：「笨笨很會藏哦，笨笨究竟在哪裏呢？」

然後，就沒有然後了。曉星哄着笨笨躲起來，自己卻轉身跑到膳房吃蛋糕去了。

笨笨還在花叢中暗自得意：小主人說我很會藏呢，小主人找不到我，嘻嘻，嘻嘻。牠把腦袋往地下拱拱，

還用兩隻小豬手捂住自己眼睛。自己看不到小主人，小主人也就肯定不會看到自己了——牠是這樣想的。牠決定藏得久久的，死也不出去，小主人說藏得越久就越厲害呢！

開心着自己沒被小主人找到的笨笨，根本沒有想到，牠的小主人此時正坐在膳房裏，大口大口地吃着年輪蛋糕——一整個香噴噴的年輪蛋糕哦！

「唔唔唔，味道真好……」

半個小時後，曉星吃得肚子圓圓的，都快趕上笨笨了。他打了個飽嗝，晃晃悠悠地散步消食去了。

嗯，順便去找笨笨豬，牠藏得夠久了。

「笨笨，笨笨……」曉星裝模作樣地喊着，一步步走近笨笨藏身的花叢，準備裝出一副找了半天才找到的驚喜樣子。

咦，花叢中怎麼沒有那隻笨笨豬？難道牠藏到別的地方了？

曉星使用貓鼻子嗅了起來，但很奇怪，卻沒有嗅到笨笨的氣息。

這傢伙哪兒去了？

曉星想了想，便朝左邊一條林蔭小路走去。以前跟

笨笨捉迷藏，牠都喜歡躲進小路旁邊的灌木叢裏。

曉星一邊走一邊找，但小路都快走完了，還沒找到那隻笨笨豬。

小路盡頭是個纏滿長青藤的拱門，曉星散步時經常來這裏。他知道穿過拱門便是一個種滿各種花卉的大花圃。曉星想，小香豬有可能鑽進了花圃裏。

曉星想着，一腳踏進了拱門。

咦！他吃驚地睜大了眼睛，這裏不應該是一個大花圃嗎？什麼時候改了？

眼前是典型的中國式園景——亭台樓閣、小橋流水，還有翠綠的樹木，形狀各異的假山、奇石，望向哪裏，哪裏都是一幅美麗的古代庭園風景畫。

曉星心裏奇怪極了，嫣明苑的整體風格是西式的，什麼時候新開闢了這樣古色古香的地方？而更奇怪的是，這些亭台樓閣建得有點宏偉，樹木也長得特別高，連樹上那隻吱吱叫的小鳥都長得特別大。

難道是小嵐姐姐瞞着自己，搞了一個古代版巨人的花園？巨人的花園，所以裏面全部東西都很大很大。

曉星滿腹驚疑地沿着一條鵝卵石鋪成的小路，朝前走去。路兩旁長滿了花，芳香撲鼻，花團錦簇，爭奇鬥

豔。走着走着，他聽到銀鈴般的歡笑聲、說話聲，朝着聲音看去，遠遠地看到了一羣女孩子，正在玩捉迷藏遊戲。一個雙眼被蒙住的女孩伸出雙手抓人，其他女孩子嘰呱大叫四散而逃。

不像是嫣明苑的小宮女啊！這個時間不是各有各忙着的嗎？工作時間玩鬧，會被大管家瑪婭罵的。

走近一點，曉星更驚訝了，不是自己眼花看錯吧？他用手擦了擦眼睛，定睛細看時，卻嚇得腳下絆了一下，差點跌倒。

那分明是一羣穿着古代丫鬟服飾的、陌生的，還有點古怪的女孩子！發生什麼事了？

為什麼覺得古怪？因為這些小丫鬟都長得很高大。

亭台樓閣建得有點宏偉、樹木特別高、小鳥長得特別大，連女孩都特別高大！莫非……莫非自己穿越到大人國了？曉星頓時愣了。

「啊，小少爺，小少爺快走，小蘭快抓到你了！」

「快走快走！」

「小少爺，啊，抓到你了！」

在一片尖叫聲中，一個梳着雙丫髻、雙眼用布蒙住的小丫鬟，走過來一把抱住了傻愣愣站在那裏的曉星。

小丫鬟長着一張圓圓臉，看起來頂多十三、四歲，但不知怎的卻長得很高，曉星要仰起頭才看到她的下巴。

小丫鬟一把扯下蒙眼布，一看抓到人了，興奮得哇哇大叫：「小少爺，終於抓到你了。」

小丫鬟扔掉蒙眼布，一彎腰，把曉星抱了起來。曉星簡直嚇壞了，這這這，他還沒試過被小女孩這樣抱呢！好害羞啊，自己又不是小娃娃。

曉星的臉頓時紅了，他蹬了蹬兩腳，掙脫小丫鬟的手要下地。可正在這時候，他看到了旁邊那清澈的湖水，湖水倒映着白雲藍天和岸邊柳樹，還倒映着一個抱着小孩的小丫鬟。

咦，這小孩是誰啊？曉星看看周圍，就自己和抱着自己的小丫鬟。啊，不是吧？難道那小娃娃⋯⋯

曉星把手舉高高，揮了幾下，發現倒影裏那個小娃娃也把小手揮了幾揮。他腦子轟地一響，自己穿越了！但卻不是像以前那樣穿越後還是少年的自己，這回變成一個小娃娃了！怪不得自己看見的東西都那麼大。

曉星呆住了，傻瓜一樣張大嘴巴。他再抬起手看了看，小小的，果然是小娃娃的手。還有，不知什麼時候

自己穿的一身運動服，變成古代小童的服裝了。

這時那羣小丫鬟都朝他奔了過來，一個穿黃色衣裙的小丫鬟說：「小少爺一定是累了，讓他躺會兒再玩。」

於是，五名小丫鬟眾星捧月般地把曉星護送到湖邊垂柳下，把他抱到一張躺椅上躺下。馬上，小丫鬟們就忙開了，有的給他搧扇子，有的給他擦汗，有的給他趕小飛蟲。而圓圓臉小丫鬟就捧來一碟紫葡萄，黃裙小丫鬟拿起葡萄剝皮去核，然後放進曉星嘴裏。

曉星咀嚼着甜甜的葡萄，享受着涼涼的風，漸漸從穿越時空、變成小娃娃的惶恐中冷靜下來。噢，也不錯哦！從此再也不會有個姐姐一天到晚在自己耳邊嘮叨，不許吃這不許吃那了。

他「啊」地張開嘴巴，小丫鬟便往裏放一顆葡萄：「啊」的再張開嘴巴，小丫鬟又放進一顆葡萄，愜意極了。

古代的葡萄還特別甜呢，可能是因為沒有污染的緣故吧，純天然的。

吃啊吃啊，吃了有十幾二十顆葡萄，曉星很滿意，拍拍小肚子，示意不想再吃了。他想向小丫鬟探聽一些

訊息，看看自己去了哪個朝代。他眼珠轉了轉，說：「咱們來玩個新鮮的遊戲好不好？」

「好啊好啊！」

「我最喜歡玩新鮮遊戲了！」

「小少爺快說遊戲怎麼玩。」

小丫鬟們七嘴八舌地說。

曉星眨眨眼睛，說：「這個遊戲是考你們腦子轉得快不快、人聰不聰明的。遊戲規則是，我問你們一個問題，看誰回答得快。」

「噢，好玩，好玩！」

「我腦子肯定轉得快！」

「我最聰明！」

曉星翹起二郎腿，指揮說：「你們面向我，站成一排。」

「是，小少爺！」五名小丫鬟聽話地排好了。

曉星說：「聽好，我出題了！注意，回答前要先舉手，我指誰誰回答。」

「嗯嗯嗯。」五個小丫鬟一齊點頭。

「我們生活的國家叫什麼，在位的是哪個皇帝？」

「刷」的一聲，五個小丫鬟全舉了手。

曉星指了指黃裙小丫鬟：「你最先舉的，你回答。」

黃裙小丫鬟可興奮了，她大聲說：「我們的國家叫大宋，在位的是太宗皇帝。」

曉星一聽，哦？原來自己來了宋朝。太宗皇帝？不就是宋朝開國皇帝趙匡胤的弟弟趙光義嗎？

他又指指自己，問：「我叫什麼名字？今年幾歲？」

「刷」的一聲，五個小丫鬟又馬上舉了手。

曉星指了指圓臉小丫鬟：「你最先舉的，你回答。」

圓臉小丫鬟笑得有牙沒眼的：「小少爺，你叫曉星，今年五歲。」

「哈！」曉星一聽就樂了，原來自己在異時空裏也叫曉星。他又問：「我父親是誰？他是幹什麼的？」

這回舉手最快的是一名個子小小的女孩，她回答說：「小少爺的父親，哦，就是我們的老爺，他是做官的，是戶部侍郎。」

嘻嘻！曉星心裏美滋滋的，原來自己是官二代啊，這下自己在這裏可以橫着走了！

曉星繼續問：「那我父親叫什麼名字，我母親叫什麼名字？」

　　這回不是所有人都能答了，舉手的只有黃裙小丫鬟，她說：「老爺名字叫馬仲元，夫人名字叫趙敏。」

　　「啊！」曉星又驚又喜，他一骨碌從躺椅上坐了起來：「我父親叫馬仲元？母親叫趙敏？那我是不是還有一個姐姐……」

　　黃裙女孩點頭說：「是啊！你有一個姐姐，就是我們的大小姐，閨名叫馬小嵐。」

　　啊啊啊，天上掉雞腿了！

　　曉星手舞足蹈的，好不容易才冷靜下來，多少次夢想小嵐是自己親姐姐，沒想到這回夢想成真了！

　　耶！耶！耶！曉星邊喊邊使勁地往上揮小拳頭。

第二章

被抄的馬家

曉星通過玩遊戲，把自己在宋代的所有情況都搞清楚了。於是，他從躺椅上跳下地，小手一揮，說：「走，帶我找姐姐去！」

「是！」小丫鬟們齊聲應道。

圓圓臉小丫鬟說：「小少爺，要抱抱嗎？」

「不用！」曉星把兩手放在身後，大模大樣地邁開了小短腿。

「是！」圓圓臉小丫鬟走前帶路去了。

突然聽到前面傳來喧嘩聲音，啊，怎麼回事？

「天啊，來了好多官差！」一個小丫鬟驚叫起來。

這下大家都看到了，真是來了很多官差呢！只見他們分成許多隊，有人大聲指揮着：「你們搜這邊，我們搜那邊！」

緊接着，許多男僕和丫鬟驚慌失措地跑了出來。

曉星停了下來，眼睛瞪得士多啤梨般大——這不是

電視劇裏，皇帝派人去抄官員家的情景嗎？

再接着，又見到三個人被官差呼呼喝喝地趕了出來，由五、六名官差看守着。

那三個人雖然穿着打扮跟現代時不一樣，都是穿着古代服裝、梳着古代的髮型，但曉星還是一眼就看清楚了——那不就是小嵐姐姐和她的爸爸馬仲元、媽媽趙敏嗎？

難道……難道馬爸爸在這時空犯了什麼罪？

曉星嚇得心兒怦怦跳，他馬上想起許多電視劇裏，官員被抄家之後接下來的遭遇——關進天牢，然後綁赴刑場砍掉腦袋！

「哇，不要！不要！！」曉星崩潰了，大哭着狂奔過去。

「小少爺，小心，別跑！」小丫鬟們嚇得馬上去追曉星，而那邊的人聽到曉星驚天動地的哭喊聲，都轉過頭來看。

「小嵐姐姐！」曉星撲到小嵐懷裏，大哭着說：「我不許你坐牢，不許你上刑場！」

古裝小嵐摟住他、拍着他的背說：「曉星不哭，不哭！」

站在旁邊的馬仲元急忙一彎腰，把曉星抱了起來：「不怕，咱們不怕！」

趙敏也摸着曉星的腦袋，不住地安慰他。

「哭什麼哭？吵死了！」一個像是小頭目的官差，兇惡地朝曉星吼了一聲，嚇得曉星把哭聲都噎在喉嚨裏出不來了，傻呆呆地看着那人。

小嵐見嚇到曉星，很生氣，兩手往腰間一叉，對那小頭目怒目圓睜：「壞人，連小孩子也欺負！」

那小頭目哼了哼，別開了臉。

這時，有個太監從外面走進來，說：「聖旨到！」

四個人，還有男僕和丫鬟，全都跪下了。

太監用尖細的聲音宣讀聖旨：

「奉天承運，皇帝詔曰：戶部侍郎馬仲元，貪污官糧，膽大包天，罪無可恕。即日起程，全家流放北山關……」

「流放北山關？」曉星鬆了口氣，幸好不是殺頭。

馬仲元和趙敏相互看了一眼，眼裏充滿了憂慮。馬仲元歎了口氣，說：「都是我連累了你們。」

大宋今年南方自然災害嚴重，幾個州府洪水泛濫，淹沒了莊稼，淹沒了房屋，老百姓沒吃的，也沒住的，

餓死凍死無數人。宋太宗下旨戶部調撥救濟糧往災區，戶部侍郎馬仲元在操作過程中，發現有皇親國戚夥同戶部官員貪污了大部分的存糧，致使沒有足夠糧食送往災區。馬仲元上奏章彈劾有關人等，沒想到那夥貪污分子不但利用權力壓下馬仲元的奏章，還反咬一口，上奏章誣陷馬仲元貪污救濟糧、餓死無數災民……宋太宗看到奏章大怒，馬上下旨把馬仲元撤職流放。

北山關最冷時氣溫降到零下四十幾度，寸草不生。還有，那裏跟素來與宋敵對的遼國接壤，遼國軍隊不時入境燒殺搶掠，生活在那裏的百姓苦不堪言。

流放到北山關，這比殺了他們還要慘啊！

這時那太監已經宣讀完聖旨，他對馬仲元說：「皇上有令，你們一家四口即日起程，前往北山關，不得有誤。」

聖旨一出無人能抗拒，馬仲元十分無奈，只好說：「請稍等片刻，我們收拾路上用的東西。」

太監說：「儘快！只能拿幾件替換衣服，其他錢財統統都不能拿。」

馬仲元應了聲「是」，就一手抱着曉星，一手拉着小嵐，往屋裏去了。趙敏緊緊跟在他們身後。

每個房間都被官差翻得亂七八糟，馬仲元吩咐小嵐去自己房間拿些衣服，他就和趙敏一起，拿了兩塊包袱布，把夫妻兩人和曉星的衣服，包了兩個包袱，兩人一人背一個。

這時小嵐也回來了，同樣背了個小包袱。聽到外面有人在大喊，叫他們趕快出來。

出去後，太監就叫人把三個包袱打開檢查，生怕他們拿了什麼值錢的東西。見到只是些衣服，就揮揮手，讓他們重新包好。

一個大頭目模樣的人，用手指了指幾個官差，說：「劉漢、沈青、阮智，你們三個，負責押送他們去北山關。」

那幾個人一聽就露出一副極不情願的樣子，也難怪，有誰喜歡押着犯人攀山越嶺、風餐露宿？有誰喜歡去那個冷得滴水成冰的地方？

「還得找一個領隊的。」大頭目朝官差中看了看。

「我去吧！」剛才負責看守着小嵐一家、樣子兇兇的小頭目自告奮勇。

曉星認得，這就是剛才大聲喝罵他的那個傢伙。

「好，那就吳仁負責領隊吧！」大頭目同意了。

吳仁得意地朝小嵐一家瞟了瞟，一臉的陰險奸詐。

「上路吧！」太監說，皇帝命令他務必親眼看着馬仲元一家離開的。

小嵐一家慢慢地向着大門口走去，幾十名男僕和丫鬟在後面跟着，個個泣不成聲。他們捨不得主人，也在哭自己的命運——因為罪臣被抄家以後，家裏的傭人都會被賣掉的，不知道今後命運如何，還能不能碰到像馬家這樣的好主人。

「天啊，請保佑老爺一家吧！」

「老爺夫人，一路平安！」

「小姐少爺，保重啊！」

「……」

小嵐一家人朝後面的人揮了揮手，然後踏上了那條兇險的流放之路。

第三章
流放路上

行路難，流放的路更是難上加難。

小嵐一家人已經走了一個多星期的路了。身上的衣服已經有了破洞，腳上的鞋子已經磨得露出了腳趾頭，滿臉灰塵滿身土，看上去跟乞丐差不多。

小嵐臉上髒兮兮的，頭髮亂糟糟的，一拐一拐地走着，一臉的痛苦：「娘，我的腳起了好多血泡。」

趙敏心痛地看着女兒，伸手要接過她背着的包袱：「包袱給我背吧！」

小嵐看了看趙敏背上的包袱，搖搖頭說：「不！」

馬仲元身後背着曉星，身前也掛着個包袱，蹣跚地走着。聽了小嵐母女的對話，他回過頭說：「小嵐，把你的包袱給我吧！」

小嵐搖搖頭。

曉星掙扎了一下，要下地：「爹爹，我自己走吧！」

馬仲元猶豫了一下，這時曉星已經掙開了他的手，下了地。他跑向小嵐：「姐姐，我替你背包袱。」

　　小嵐避開他的手，說：「算了吧！包袱比你還重，你背得動嗎？」

　　曉星瘦了很多，手腳都細細的像根小竹竿，只剩下一個大腦袋，看着就非常可憐。

　　馬仲元伸出手，把小嵐背上的包袱拿走了。

　　小嵐牽着曉星的小手，跟在爸媽後面，繼續艱難地走着、走着。

　　兩名官差在前面，兩名官差在後面，只要小嵐一家人走得慢點，那吳仁就大聲喝斥，催他們快些走。

　　走到天色已黑時，他們進了一個松樹林，吳仁喊了一聲：「今晚就在這樹林歇息吧！」

　　一行人便停了下來。四個官差拾了些松枝，燃起了一堆火，圍着火堆坐着。犯人被押解到服勞役的地方，不管走多遠，都不會讓他們住旅店的，每天都是在野外露宿。而押解犯人的官差，也都只能跟着隨便找個地方睡，所以他們都不喜歡接到這種任務。

　　小嵐一家也撿了好些樹枝回來生火。越往北面走，天氣就越寒冷，晚上睡覺的時候，沒有火烤着那肯定不

行，會凍死的。

這時那個叫沈青的官差走過來，遞給他們晚飯——四個黑黑的饅頭。

流放的路上，一家人雖然有食物，但都是些粗糧，而且分量很少，小嵐一家每天都在飢餓中度過。

每頓都是毫無例外的一人派一個饅頭，也不知是什麼做的，又硬又硌牙，吃進嘴裏粗糙得令人難以下嚥。曉星這些年吃了很多名廚做的好東西，現在要吃這樣的食物，簡直是無法忍受。但為了活命，為了有點力氣走路，不想吃也得吃。

四名官差圍着火烤肉吃，沈青看了吳仁幾眼，忍不住說：「吳頭，為什麼讓那家人吃那些東西，那是別人用來餵豬的。我們帶的路費不少，可以買好一點的給他們的。看那兩個小孩挺可憐的。」

「我是領隊還是你是領隊？」吳仁罵了沈青一句，又說：「那一家子是犯人，不用對他們那麼好。餓不死他們就行！」

沈青暗自歎了口氣，不敢作聲了。

沈青不知道，這吳仁是個壞人，他在公報私仇呢！他原來曾經在馬家做事，幾年前因為偷東西被馬

仲元解僱了，後來才去了當官差。這次馬家出了事，他很是幸災樂禍，還特地接了解送任務，好一路上折磨馬家人。

剛上路的時候，他在馬仲元的脖子上架了一個沉重的木枷鎖，令馬仲元走路都跟跟蹌蹌的，更談不上照顧家人了。後來，還是沈青跟吳仁說了幾次，認為這樣會拖慢整個行程，吳仁才把木枷鎖從馬仲元脖子上除下來了。

一路上，他沒少折磨小嵐一家。有一次馬仲元因為背着曉星，走得慢了，他就一鞭子抽過去，把馬仲元的衣服都抽破了，身上還留了一條青紫的鞭痕。

這時曉星嗅到了烤肉的香味，饞得口水都流出來了。自從穿越過來，他就沒吃過肉。他感到很委屈很難受，只是努力控制着眼淚，又張嘴咬了一口饅頭。

「咯」的一聲，曉星咬到了什麼硬硬的東西，差點把牙齒咬崩了。他趕緊吐了出來，天啊，竟然是一顆黃豆般大的砂子！

曉星扁扁嘴，哇的一聲哭了起來。他本來不想哭的，自己是男子漢啊！但無奈就是忍不住，心裏太委屈了——自出生以來從沒受過這樣的苦楚，吃不飽穿不

暖，每天還被官差趕鴨子一樣趕着走路。現在，連砂子也來欺負自己了！

姐姐小嵐，還有馬仲元夫婦都來哄他、安慰他，但他卻越哭越大聲。

許多的委屈和不安，都借着哭聲發洩了出來。

其實，這些日子令他沮喪的，還有他發現不管是小嵐，還是馬仲元夫婦，全都沒有之前時空的記憶。

這就是說，他們沒有了比古代人先進了很多年的思維，小嵐姐姐也沒有了「天下事難不倒」的智慧和豪情壯志。

而唯一有原來記憶的，只有他一個。但是，一個瘦小的五歲孩童，拿什麼去拯救小嵐姐姐、拯救叔叔阿姨、拯救他自己？

曉星越哭越大聲，前路茫茫，他不知怎麼走下去。

小嵐也忍不住哭了。她是侍郎家小姐，一向養尊處優，哪裏受過這樣的苦啊！她不敢哭出聲，她怕一哭父母更難過，所以她只是無聲地流着眼淚。

趙敏心疼地摟着兩個孩子，不住地哄着。

馬仲元見到兩個孩子因為他而受罪，不禁心如刀

割，痛苦極了。不過，他並沒有為自己做過的事後悔。

「哭什麼哭！再哭扔山上餵狼！」傳來吳仁兇狠的聲音。

曉星聽到吳仁的喝罵，不敢哭了，把小腦袋深深地埋在趙敏懷裏，小小聲地抽泣着。

「睡吧，明天還要走路呢！」兩個大人在地上鋪了一塊布，讓兩個孩子躺下。又給他們蓋上僅有的一條薄被子。

夫妻兩人衣着單薄，不敢躺下，生怕着涼生病，雪上加霜，所以只是背靠着背坐在火堆旁。因為白天走路實在太累了，所以一下就睡着了。

反而兩個小孩睡不着。小嵐和曉星把被子捂過頭，在被子裏説話。

曉星對小嵐沒有之前記憶很是鬱悶，這時他又試探着説：「姐姐，我好想吃漢堡包啊！」

小嵐説：「旱飽包？什麼是旱飽包？我怎麼沒聽過這種食物。」

「年輪蛋糕你吃過吧？方大廚最拿手的那種蛋糕。」

「米糕我就吃過，沒吃過什麼年輪蛋糕。方大廚是

誰？家中大廚沒有姓方的啊！」小嵐拍了曉星一下，說：「我說曉星，你怎麼總說一些奇奇怪怪的話？你不舒服嗎？」

曉星不死心，又問：「那你記得萬卡哥哥嗎？」

小嵐搖搖頭：「我不認識這個人。」

唉，連萬卡哥哥也說不認識，那真是什麼都不記得了。

曉星心裏難過極了。他揭開蒙着腦袋的被子，望向無垠的夜空，心裏呼喚着在另一時空的萬卡哥哥。萬卡哥哥，你能聽到我的心聲嗎？我們在流放路上，很慘很慘，快來救救我們吧！

突然，有人輕輕地拍了拍他的肩膀，把一包暖暖的東西塞到他手裏。

曉星嚇了一跳，一看是那個名叫沈青的官差。剛想說什麼，那人已經迅速離開了。

曉星打開手裏用油紙包着的東西，啊，是成人巴掌那麼大的兩塊烤肉！

曉星高興得咧開嘴笑。他趕緊把全身縮回被子裏，搖搖小嵐：「姐姐，別睡，有肉吃。」

小嵐顯然也聞到肉味了，她問道：「咦，哪來的肉

啊？」

「沈青給的。有兩塊，我們吃一塊，給爹娘留一塊。」曉星嚥着口水，把肉遞到小嵐嘴邊說：「姐姐，你先吃。」

天天吃那又乾又粗糙的黑面饅頭，小嵐聞到肉味，已經忍不住了，她馬上咬了一口。哇，以前怎麼就沒發覺，一塊肉可以香成這樣呢！曉星也趕緊咬了一口，兩人在被子裏慢慢咀嚼着，那美味簡直無法形容。

就這樣你一口我一口，一塊肉很快就吃完了。兩人都覺得意猶未盡，早知道就吃得慢一點。

曉星把蒙着頭的被子掀開，看了看旁邊的父母，問：「要叫醒爹和娘嗎？或者明天再給他們吃？」

小嵐搖搖頭，說：「不。叫醒他們，讓他們現在吃。明天白天讓吳仁看到了，就糟糕了。不但肉會收回，沈青也會挨罵。」

小嵐拿過曉星手上的肉，又看看官差那邊的動靜，見到那四個人都靜靜地躺着，像是入睡了，就悄悄地爬起來，彎着腰走向父母那裏。

「爹，快醒醒。有肉吃。」小嵐在馬仲元耳邊耳語着。

天寒地凍的，馬仲元本來就睡不安穩，所以小嵐一說話他就醒了，小聲問道：「哪裏來的肉？」

　　小嵐小聲説：「沈青給的。我和曉星已經吃了一塊，這塊留給您和娘。」

　　小嵐説着，把手裏的肉塞給馬仲元。

　　馬仲元用手推回給小嵐：「你們兩姐弟吃吧，我們不餓。」

　　小嵐沒再吱聲，把肉塞到馬仲元手裏，便彎着腰回了自己睡的地方。

　　馬仲元不敢弄出大動靜，怕官差聽到。想到小小兒女的懂事，更想到小小兒女一路上受的苦，不由得歎了口氣。

　　趙敏其實也醒了，這時聽到馬仲元歎氣，便拍了拍他的肩膀，以示安慰。

　　馬仲元把肉遞給趙敏：「你吃吧！補充點營養，我看你瘦了很多。」

　　趙敏説：「我沒事。要不你吃吧，你還要背曉星，你最辛苦。」

　　馬仲元又歎了口氣，説：「那我先把肉藏起來，明天趁沒人注意時，讓他們兩個小的吃吧！」

趙敏說：「也好。」

馬仲元把肉包好，又拿了件衣服裹了一層又一層的，確保不會讓人聞到香味，然後把衣服放回包袱裏。

第四章
遇上蒙面大盜

今天是流放路上的第十四天了。

小嵐一拐一拐地走着。天天走路，又吃不飽，她快要熬不住了。她一路走一路無聲地流淚，怕父母擔心又頻頻用手去擦，把臉擦得花臉貓似的。再加上頭髮披散着，看上去可憐極了。

她看了看前面好像沒有盡頭的路，真想放棄了，這麼苦難的人生，不想過了。

這時曉星嚷着要去小便，吳仁罵了幾句，便叫停下一會兒。馬仲元和趙敏陪着曉星去了路旁的樹林，吳仁怕他們逃跑，便和吳青兩人跟着。

小嵐趁機坐下歇歇腳，另外兩名解差坐在不遠處喝水、吃東西。

一陣馬蹄聲由遠而近，有幾匹馬迎面跑來。見到路上有人，他們放慢了速度。小嵐抬頭看了看，前面一匹馬上坐了一個十七、八歲的少年，穿着一身月白色的錦

袍，生得臉如冠玉、劍眉鳳目、舉止優雅、一身的傲氣，看上去像是個貴公子。後面跟了兩名身材高大的隨從。

感覺到小嵐的視線，少年轉頭看過去，見到是一個衣衫襤褸、臉上髒兮兮的女孩，他眉頭一皺，扔下一句「真醜」，然後用力一夾馬肚，飛快地跑走了。

「你才醜呢！臭公子哥兒！」小嵐狠狠地瞪了那個白色的背影一眼。

當天晚上，曉星病了，發起燒來。馬仲元背着他，就好像背着一塊火炭似的。一家人急得要命，幸好小嵐找來了一些能退燒的草藥，熬了給他喝。到了第二天，曉星燒退了，但人還是沒精打采的，小腦袋一直埋在爹爹背上，眼睛半閉着。

雖然人很不舒服，但曉星還是感受到爹爹行路的艱難，他的眼淚大滴大滴地掉下來，把馬仲元的衣服都打濕了。他哽咽着說：「爹，您放我下來吧，您太累了。」

馬仲元拍了他屁股一下，說：「聽話，別動。」

馬仲元扭頭看了看一步步慢慢挪動着的妻子和女兒，忍不住朝走在前面的吳仁喊了一聲，請求說：「吳

官差，可以休息一下嗎？」

「不行！」吳仁惡狠狠地瞪了馬仲元一眼，「休息休息，那要牛年馬月才能到北山關！」

正在這時，聽到「砰」的一聲，原來是小嵐撐不住，腳一軟摔地上了！

馬仲元嚇壞了，他急忙朝小嵐跑過去。這時趙敏已經把小嵐扶了起來，一看，小嵐的膝蓋摔破皮了，血糊糊的，很是嚇人。

「嗚嗚嗚，好痛……」小嵐忍不住哭出了聲。

趙敏從包袱裏拿出一件衣裳，撕了一塊布下來，給小嵐包傷口。

馬仲元硬着頭皮又去跟吳仁交涉：「吳官差，你看，我女兒摔成這樣，讓她緩一緩再走，行嗎？」

「不就是摔一跤嗎？又不是斷了腿。以為還是千金小姐嗎？馬上給我走起來，不然我就不客氣了。」吳仁說完，不耐煩地推了馬仲元一下。

流放路上，馬仲元是最辛苦的那一個——他要照顧妻兒，要背曉星，還同時要背負最重的行李，不管身體還是精神，都早已在崩潰邊沿。如今被吳仁這麼一推，無力支撐身體，整個人一歪，轟一聲倒下了。

臨落地之前，他仍記得保護曉星，用自己的身體給曉星當了墊子，但他自己卻重重砸在地上。

「爹爹……」

「仲元……」

趙敏撲了過去，小嵐也掙扎起來，撲向爹爹。馬仲元掙扎了一下，但他實在已經精疲力盡，竟無力爬起來。

「壞蛋，你敢推我爹爹！」

曉星發怒了。他不知哪裏來的力氣，邁開兩條細竹杆般的腿，跑到吳仁身邊，抓過他的一隻手，張嘴就咬。吳仁怪叫一聲，揮起另一隻手就想打曉星。這時小嵐也不顧腳痛跑去支持弟弟，她在地上撿起一根樹枝，使盡力氣去打吳仁。

吳仁顧得前面就顧不得後面，被小嵐姐弟倆弄到十分狼狽。他發起狠來，拿出鞭子，就要向小嵐姐弟抽去。

　　「住手！」趙敏驚叫起來。

　　這麼粗的一根鞭子，如果抽到兩個孩子身上，那會要人命的啊！

　　趙敏朝吳仁撲去，準備和吳仁拚命了。

　　正在這時，聽到不遠處傳來一陣吶喊聲。吳仁舉着鞭子的手停住了，只見十多二十個蒙面人，一人手執一根木棍，邊喊邊向這邊跑來。

　　「衝啊！」

　　「不許反抗，饒你們不死！」

　　「此樹是我栽，此路是我開，要想從此過，留下買路財錢……」

　　原來是一班攔路打劫的強盜！

　　別看這吳仁平日凶神惡煞欺負小嵐一家，但他其實是個膽小如鼠的人，見到打劫的賊人人多勢眾，又有武器在手，早就嚇得心驚膽戰了。他朝三個官差喊了一聲：「走啊！留在這裏等死嗎？！」

　　說完扭身就跑。

「等等！」沈青一把拉住吳仁：「犯人怎麼辦？」

吳仁說：「不管了！帶上他們，我們還跑得掉嗎？」

吳仁說完，反手拉住沈青：「你別想着去幫他們！我們路上用的錢都由你背着，你有什麼事我們就完了。快跟我一起走！」

就這樣，吳仁拽着沈青跑了，另外兩名官差也跟着跑了，扔下了小嵐一家人。

十幾個強盜跑到時，四名官差已經跑得只剩下個影兒。強盜追了一下見到無法追上，就回來了。

十多個蒙面強盜把小嵐一家團團圍住。

帶頭的蒙面人指了指馬仲元，說：「把錢財拿出來，就饒了你們性命！」

面對打劫的強盜，小嵐一家由一開始的恐慌，變成了異常的鎮定。再壞的事情都經歷過了：抄家、流放、打罵、受凍、捱餓……被打劫又算得了什麼？

馬仲元看了趙敏一眼，說：「把包袱給他們。」

三個包袱全打開了，裏面沒一件物品是好的：一張舊被子、一些破舊衣服和破舊用品……而期待中的錢，卻一點也沒有。

蒙面強盜全傻了，從山上下來，就是想劫點錢財，好買點食物回去給家中老少，沒想到，卻打劫了比他們還窮的。

「第一次打劫就白跑一趟，真倒霉！」強盜們嘀咕着。

原來是一羣新手強盜。

帶頭的蒙面人皺着眉頭圍着小嵐一家人繞了個圈，把這家人上上下下左左右右看了一遍，説：「我們不可以白跑！看樣子這當家的是個讀書人，把他們帶回去，教咱們孩子讀書識字。」

有人表示擔心：「頭兒，山上吃的已經不多了，還要養這一家子？」

頭目瞪了那人一眼：「我們已經養了一百多人了，也不差多養這幾個。我們不為自己考慮，也要為娃娃們着想。他們識了字，將來長大了，找活幹也容易很多。」

就這樣，小嵐一家身不由己地被一幫強盜押走了。

第五章
當曉星遇上野豬

小嵐一家被強盜押着，沿着一條小路上了山，才知道原來是一班山賊！沒被送去邊關做苦工，卻被山賊抓了，真不知是福還是禍。

從山賊的口中，他們知道了山賊頭目叫劉大勇。上山後，山賊都除下了蒙面布，露出真容貌。看上去一個個面容消瘦，一副營養不良的樣子。其中一個一臉稚氣，還是個十六、七歲的少年呢！

馬仲元歎了口氣，小聲說：「看來這幫也是可憐人，活不下去了才出來做強盜。」

上山的路並不崎嶇，但小嵐一家都走得挺艱難的。四口人病的病、傷的傷，可說是沒有一個「好人」。

劉大勇見到馬仲元背着曉星快走不動了，鼻子哼了哼，嘟噥了一句「百無一用是書生」，然後便朝那少年喊了一聲：「大壯，你背那小孩！」

「好的，大勇叔！」那被叫做大壯的少年應了一

聲，走過去接過曉星，背在自己背上。

馬仲元喘着粗氣，感激地說了聲：「謝謝。」

曉星見到有人幫忙，可以讓馬仲元不那麼辛苦，很高興，便嘴巴甜甜地對少年說：「謝謝哥哥，哥哥真是個好人！」又對劉大勇說：「謝謝叔叔，叔叔也是個好人。」

「嘿嘿嘿！」被發了「好人卡」的少年大壯，高興得咧開嘴笑着說：「我當然是好人了，我們全都是好人！」

馬仲元不用背曉星，因此他可以騰出手照顧小嵐母女。不過即使這樣，三人仍是步履艱難，幸好隊伍停下來休息了。

曉星這時精神好多了，所以當所有人都坐下來休息時，他就邁着小短腿跑啊跑的，追着一隻五彩的小蝴蝶，想抓了送給小嵐姐姐。

馬仲元夫婦，還有小嵐，都走得精疲力盡，一坐下就只顧喘氣，沒發現曉星走遠了。

曉星追着蝴蝶，追啊追啊，噢，前面有個大坑，曉星差點止不住腳步掉進去了，幸好及時停了下來。

咦，大坑裏有什麼東西，在「哼哼哼哼」的叫着？

曉星害怕得掉頭就跑。跑了幾步，好奇心又讓他站住了，想看看是什麼東西，於是轉身又向大坑走去。

　　往坑裏一瞅，啊，坑裏竟然有一隻黑色的傢伙！牠的嘴巴長長的，長了兩根獠牙，兩隻小眼睛血紅色的，露出兇光，牠正拚命地用爪子去抓坑沿，想從坑裏往上爬。

　　見到曉星看牠，牠張開大嘴，好像想把曉星吃掉呢！

　　曉星這回真怕了，要知道他現在才五歲啊！曉星扭頭就跑，邊跑邊哭喊：「有怪獸，有怪獸！爹爹救命啊！」

　　馬仲元跳了起來，他顧不得腳痛，閃電般跑過去，一把摟住曉星：「別怕，別怕……」

　　「怪獸在哪裏？在哪裏？」劉大勇蹭地一下跳起來。

　　坐着休息的山賊全都警覺地站了起來。

　　曉星一邊哭一邊指着大坑那邊：「大坑，有隻黑色怪獸，好可怕！」

　　「過去看看！」頭目一揮手，山賊一窩蜂地跑了過去，很快傳來了歡天喜地的叫聲。

「大勇哥，是一隻野豬呢！」

「哈哈，大勇叔，看來我們今天並沒有白跑一趟！」

「老天爺在幫我們啊，我們可以吃一頓豬肉了！」

野豬肉是可以吃的，據說比家豬還美味呢！這座山野生動物很少，有的都已經被他們吃掉了，也不知這傢伙是從哪裏跑來的，不小心掉進坑裏，爬不上來了。

「幸好大勇叔帶了這家人上山，要不是那小娃娃看到，我們就會錯過這傢伙了。」

「哈哈，那小娃娃真是個福星呢，帶挈我們有肉吃。」

小嵐一家沒加入狂歡，他們在害怕呢！幸好曉星沒事，要是不小心掉進坑裏，那肯定是小命不保了。

山賊把野豬捆住，從坑裏抬了上來。那是一隻小野豬，看上去大約一百多斤重，要是大野豬就有六七百斤重呢！不過他們也很滿意了，要知道他們在山上有很長時間不聞肉味了。

山賊帶着一家人和一隻野豬，興高采烈地向山上走去。

路口有人放哨，遠遠見到他們回來，便大聲喊道：

「回來了，大勇叔他們回來了。」

最先跑出來迎接的是一羣小孩子，有喊爹爹的，有喊哥哥的；接着又有一羣人跑出來，有老有少有男有女，一見到他們，就歡呼起來了。有老人樂呵呵地喊着：「大勇回來了，是大勇他們回來了。」

人們發現了那隻野豬之後，又將歡樂氣氛推向一個新高潮，大家都驚喜若狂的。大人笑得合不上嘴，小孩子拍着手圍着野豬又叫又跳，好像得到了什麼奇珍異寶似的。

小嵐一家都看呆了，這哪裏像個賊窩，倒像尋常的百姓人家啊！

一男一女兩個孩子跑向劉大勇，男孩大約十六、七歲，女孩看上去六、七歲，他們迭聲地叫爹爹。

小嵐見到那些人都只顧開心只顧說話，便小聲對父母說：「趁他們不注意，我們逃吧！」

趙敏苦笑着搖搖頭說：「逃脫了又怎樣？我們身上一個錢也沒有，僅有的一點衣物也在他們手裏，逃不了多遠，我們就得餓死、凍死。」

馬仲元看着那些狂歡的人羣，說：「我相信這些不是壞人，像是為了養家活口才鋌而走險的。估計跟今年

南方的自然災害有關，那裏洪水暴發，房屋被水沖塌了，種的莊稼也全淹沒了，那裏的人活不下去，都離鄉背井，逃難去別的地方。我想，這些人很有可能是從南方逃來的難民。」

這時聽到劉大勇大聲宣布，晚上全村聚餐吃烤野豬肉，緊接着便聽到一片歡呼聲。

劉大勇扭頭看了看小嵐一家，然後向大壯吩咐了些什麼。大壯朝馬仲元一家人走了過來，說：「走吧，大勇叔給你們安排了住的地方。」

走不遠便看到一間間用木板和竹子建造的簡易房子，屋頂還鋪了茅草。大壯帶着馬仲元一家走到其中一間房子前面，推開木門，說：「你們以後就住這裏。」

「謝謝。」雖然是很簡陋的房子，但比起流放路上的露宿經歷，是好上很多倍了。馬仲元發出由衷的感謝。

大壯說：「你們先休息一下，等會兒我再來叫你們。今晚咱們吃野豬肉！」

大壯說完，吞了一下口水。

大壯走後，小嵐一家四口走進屋子，發現屋裏不但有牀，還有桌子凳子，雖然都是用木板和竹子做的，很

粗糙，但總算可以使用。更讓他們驚喜的是，他們那三個包袱竟然被送回來了，正放在牀上，裏面的東西一點都沒少。

一家人坐了下來，馬仲元看看屋外沒有人，便鄭重地對家人說：「你們聽好，我們不能跟任何人透露真實身分，從今以後，就隱姓埋名生活吧！因為如果讓皇上知道，不會理會我們是被抓上山的，一定當逃犯看待。如果被抓回去，肯定會加重刑罰的。」

大家都點頭，表示知道了。馬仲元又說：「我就改個名字，叫馬季吧！你們就不用改了，就用回原名。如果有人問起我們來歷，就說是逃難的災民好了。」

曉星皺着小眉頭，問道：「爹爹，難道我們以後就留在這裏嗎？那以後我會不會就成了小山賊啊？」

馬仲元說：「山上這些都不是大奸大惡之人，都是因為沒吃沒喝的，才鋌而走險。一路上聽他們說話，他們這次是第一次去打劫，因為山上有一百多人要養活，而儲存的食物已經不多了。如果有可能的話，我們可以幫助他們，讓他們用正途去解決生計問題。我教他們識字是幫助他們的第一步，會認字能讓他們學習更多知識，不斷充實自己，就有更多就業機會。我相信，只要

他們有工作做，有飯吃，就不會去做犯法的事。」

「嗯。」小嵐很專心地聽父親説話，若有所思。

天漸漸黑了，大壯跑來，叫他們去烤野豬肉吃。

一塊平坦的空地上，人們圍成一堆一堆的，中間燃着篝火，一塊塊的野豬肉用鐵叉叉着，在火上烤得滋滋作響，發出誘人的香味。

大壯把小嵐他們帶到一堆篝火邊上，又叫人拿來一盆切得薄薄的、已經腌好的肉，讓他們一家自個兒烤着吃。

曉星看到肉，兩眼早就放出光芒，他趕緊拿叉子去叉起一塊肉，放到火上烤。馬仲元怕他燙到，哪敢讓他自己烤，就想拿走他手上的叉子：「曉星你乖乖坐着，我替你烤。」

「不，不，我自己烤！」曉星拚命搖頭，他在嫣明苑裏，一向有「燒烤小能手」的稱號呢！這親手做美食的事情，他怎可以放過！

馬仲元觀察了一下，見他烤得有模有樣的，也就由他了。

一陣陣歡聲笑語，一張張火光映照下的笑臉。對窮人來説，有食物的一天，便是一個盛大的節日。

雖然每人分到的肉不多，但草坪上的人還是像赴一場無比豐盛的筵席一樣，熱鬧了一個多時辰，然後才散了。馬仲元留意到劉大勇沒有出現，便問大壯，大壯說：「桃花嬸，噢，就是大勇叔的妻子，她病了。大勇叔和兩個孩子都不放心，留在家裏陪着。」

第六章
小嵐發現自己會治病

第二天天剛亮，小嵐一家便都醒了。去屋後的那條山澗小溪簡單洗漱了一下，就看到大壯來了，帶來了四個粗糧饅頭，給小嵐一家作早飯。

大壯對馬仲元說：「大勇叔說，他等會兒會來找你商量辦學堂的事情。」

「好。」馬仲元點點頭，又問道：「他妻子的病好些沒有？有去找大夫看嗎？」

「半夜裏突然加重了。」大壯很難過，他說：「沒法找大夫。因為我們這些人是難民，沒有登記戶籍，所以也沒法申請進城的通行證，但要去大興城才能請到大夫。村裏有人生病了都只是熬着，沒法進城找大夫看。早前，也有幾個人得了病，熬了五、六天，熬不過來死了。希望桃花嬸能挺過來吧！」

馬仲元想了想，說：「還是我過去見你們大勇叔吧。他要照顧妻子，別讓他過來了。」

大壯説：「好，那我帶你去。」

小嵐拉着馬仲元説：「爹，我跟您一塊去看看桃花嬸。」

馬仲元點了點頭：「也好。」

「爹爹，我也要去看桃花嬸！」曉星見小嵐跟着去，便從牀上跳下地，邊穿鞋子邊説。

趙敏一把拉住他，説：「不行。你還小呢，不適宜接近病人。」

劉大勇住的地方就在附近，在門口見到昨天見過的那個十六、七歲的少年，他正蹲在一個用石頭拼砌的爐灶面前，往裏面添柴燒熱水。見到大壯幾個人，少年喊了一聲：「爹，大壯哥來了！」

劉大勇從裏面走出來，大壯對他説：「大勇叔，先生説來看看桃花嬸。」

劉大勇「嗯」了一聲，又説：「進來吧。」

劉大勇把馬仲元幾人接了進去。房子跟馬仲元他們住的一樣，也是用木板和竹子，還有茅草蓋成的，只是比馬仲元他們住的那間大了一點點。走進房子裏，見到用木板間隔成三個空間——客廳、大房、小房。

桃花嬸就住在靠裏面的大房，劉大勇帶着馬仲元和

小嵐走了進去，只見桃花嬸躺在牀上，昏昏沉沉的樣子。昨天見過的那個五、六歲的小女孩坐在一邊，含着眼淚看着娘親。小嵐走近牀前，只見桃花嬸臉上發紅，呼吸很急促。小嵐看了看桃花嬸的臉色，又摸了摸桃花嬸發燙的額頭，然後把兩根手指搭在桃花嬸的脈門上，停了一會兒。她腦子裏突然就蹦出了兩個字：傷寒。

咦，自己沒學過醫啊，怎麼就會摸脈診斷呢？小嵐正在奇怪，腦子裏又湧出了一副中藥方子：「連翹、甘草、金銀花、菊花……將所有藥物加入清水煎服，每天服用兩劑……」

小嵐更奇怪了，啊，自己竟然還懂得開藥方。

桃花嬸情況不妙，得趕快吃藥，小嵐不再想自己會看病開處方的事了，救人要緊。她對劉大勇說：「桃花嬸是傷寒，這樣高燒下去很危險。我知道一個中草藥方子，可以治好這病。」

「你會治病？」劉大勇瞧瞧面前的小姑娘，十分驚訝。

小嵐點點頭，說：「會。」

馬仲元也挺納悶，女兒什麼時候學醫了？不過，他也知道女兒自小聰明，不排除是她自己看醫書自學。

劉大勇有點猶豫，這小姑娘太小了吧！令人不大放心⋯⋯

門口那個少年不知什麼時候走了進來，他對父親說：「爹，娘都病成這樣了，就試試吧！」

「好。」劉大勇下了決心，但他又隨即沮喪地說：「大興城裏才有中藥店，不過我們進不去，我們沒有通行證⋯⋯」

小嵐說：「不用去中藥店撿藥，我上山採就行。剛才來的路上，就見到一些野生的中草藥。」

劉大勇大喜：「好，那就辛苦你了。你不熟悉這裏的路，我帶你上山。」

「爹，我去吧！你在這兒陪着娘。」少年說完，走去屋角拿起一個小竹簍，背在肩上。

劉大勇點了點頭：「好，青禾你帶這位小姑娘去，注意安全。」

小女孩從牀上跳下地：「爹爹，我也要去給娘採藥！」

青禾看了妹妹一眼，他才不想帶個大包袱上山呢！等會走累了不知該背她還是背草藥。劉大勇說：「青苗乖！哥哥去採藥，青苗留下做更重要的事，就是照顧好

娘親。」

青苗聽了，馬上點着小腦袋，説：「好，那我做更重要的事，我留下來照顧娘。」

小嵐對馬仲元説：「爹，那我去採藥了。」

馬仲元説：「小嵐，小心點，太崎嶇的地方不要去。」

「嗯。」小嵐應了一聲，跟着青禾出去了。

看着兩個孩子消失的背影，劉大勇收回目光。他看了看仍在昏睡的妻子，然後對馬仲元説：「咱們到外面坐。」

兩人在客廳坐下，劉大勇找來杯子，給馬仲元倒了開水，説：「先生已經知道了吧，我叫劉大勇。我們山上這幫人，都是從南面逃來的，是同一個村子的人。我們村子本來有三百多人，洪水泛濫時有的淹死了、有的因為沒有糧食餓死了。家鄉實在待不下去了，我們剩下的二百村民便結伴出來逃難。大家信我，推我出來做領頭的。逃難的一路上很艱難，靠乞討也討不到什麼，我們大多時候是吃野菜、野果，途中又餓死了一些人。剩下的一百多人也都走不動了，我便領着大伙上了這山，建了這個難民村。一開始靠打山上獵物過日子，獵物一

部分自己吃，一部分拿去換糧食。但這座山上野生動物不多，很快就被我們打光了。眼看剩下的食物也維持不了多少時間，我們逼於無奈才起了念頭下山打劫。」

劉大勇拿起杯子喝了一口水，然後自嘲地說：「也許老天爺看不得我們做壞事吧，所以懲罰我們，讓我們第一次去打劫就一無所獲。但老天爺又可憐我們，讓我們碰到了你們一家人，先是你家小娃娃幫我們找到一頭野豬，現在小姑娘又幫忙救我妻子……說起來，是我對不起你們，把你們一家擄上了山……」

劉大勇說到這裏，一揮手，豪氣地說：「如果你們想走的話，就走吧！我絕不攔你！」

馬仲元爽朗地笑了起來：「謝謝大勇兄弟。我先介紹一下自己，我姓馬，叫馬季。遇見你們，也算是一種緣分吧！我們一家也是逃難路經這裏的，你們也看到了，我們也山窮水盡，沒吃沒喝沒錢，捱不了多久了。來到這裏，有個落腳的地方，說起來我還要感激你呢！既來之則安之，我會把你們的事當作自己的事，只要你們有需要，我一定全力以赴。」

劉大勇聽了很高興，他伸手使勁一拍馬仲元的肩膀，說：「好！那以後就把你當兄弟了。有我們一口吃

的，就不會餓着你們。教孩子們識字的事，就交給馬兄弟了。」

「行！」馬仲元爽快地答應了。

再說小嵐上山採藥十分順利，她也沒想到，這座簡直是寶山啊！桃花嬸治病用的草藥，山上大多數都有；而沒有的，小嵐也採到了藥效接近、能替代的草藥。不到一個時辰，她和青禾就滿載而歸了。

青禾和小嵐成了好朋友。這少年對小嵐簡直是崇拜了，這小姑娘跟自己差不多大，怎麼就這麼厲害，懂得這麼多呢！從小嵐那裏，他知道了之前天天見到的那些小花小草，原來很多都可以入藥，可以用來治病。青禾更加相信小嵐能治好娘親的病了。

兩人採到藥後，又跑去用山泉水洗乾淨，然後就急急地回家了。

劉大勇和馬仲元，還有幾個來探望的村民，這時都站在劉家門口，不時往山上張望，看看有沒有兩個孩子的身影。遠遠見到小嵐他們回來，劉大勇眼睛一亮，馬上迎上去大聲問道：「青禾，藥採到了嗎？」

青禾大聲回答：「採到了採到了！」

大家都圍上看青禾背簍裏的草藥。他們沒想到，平

日司空見慣的植物，竟然是藥材，都十分驚訝。大家心裏都覺得，遇到馬先生一家人，真是他們的運氣。看，連一個小丫頭都這樣厲害！

小嵐對大家的讚揚只是謙虛地笑笑，她從草藥裏撿出一劑的分量，然後請劉大勇拿來一個大瓦煲，把那一份草藥放了進去，說：「六碗水煲成兩碗，一天喝兩次。連喝三天，桃花嬸就會好了。」

劉大勇見小嵐說話做事都有條有理的，已經對她深信不疑，馬上按小嵐說的去做。

劉大勇在門口生火熬藥，青禾就和小嵐跑進屋裏看桃花嬸。

小嵐看了看桃花嬸的情況，發現她情況又差了一些，燒得更厲害了，睡得很不安穩，嘴裏還嘟嘟噥噥地說着糊話。小青苗坐在身旁，眼睛紅紅的，盈滿了淚水。

「青禾，把洗臉巾拿來，再拿來一盆冷水。」小嵐吩咐道。

青禾很快拿來了小嵐需要的東西。

小嵐把洗臉巾放在水裏泡一下，扭扭，然後給桃花嬸敷在額頭上。她吩咐青禾：「你隔一會兒就把洗臉巾

放回水裏泡泡，再扭乾，給你娘冷敷。這樣能幫助降低體溫。」

青苗搶着說：「我來我來，我來給娘敷額頭。」

小嵐摸摸青苗的小腦袋，說：「青苗真乖！好，那你就跟哥哥一塊照顧你娘。」

小嵐把採來的草藥按劑量分成一份份，然後放到太陽底下曬，這樣有利於保存。太陽照在身上，感到暖暖的，很舒服。自從踏上那漫長的流放路，小嵐第一次覺得生活還是有美好的一面。

看看那邊，大勇叔正蹲在地上，不時往爐灶裏添些木柴。馬仲元坐在他旁邊，跟他說着話，看上去兩人談得挺投契的。

過了一會兒，劉大勇揭開煲蓋，見到藥已經煎得差不多了，就喊青禾拿了一個碗來，把煲好的湯藥倒了出來。

等到藥沒那麼燙了，劉大勇親自端到房間裏，一勺一勺地，給桃花嬸餵了下去。這個看上去粗手大腳的中年大叔，侍候妻子時動作很輕很溫柔，看得小嵐挺感動的。

桃花嬸喝了藥，很快就有效了：她出了一身大汗，

額頭摸上去也沒那麼燙手了，而且睡得安穩了很多。小嵐又給她把了一下脈，然後對劉大勇說：「桃花嬸有好轉了，晚上可以再給她服一碗藥，會繼續見效。明天一早我會過來，看情況再決定要不要調整方子。」

劉大勇父子都看得出桃花嬸的情況的確在好轉，都很感激小嵐。小嵐客氣了幾句，就和馬仲元離開劉家了。

小嵐兩父女出去半天，把趙敏和曉星留在家裏，曉星很不開心。見到小嵐回來，便邁開小短腿跑了出來，埋怨道：「姐姐，你們怎麼去那麼久啊？」

小嵐把替桃花嬸採藥治病的事說了。

趙敏聽了，奇怪地問：「小嵐，你什麼時候學會醫術治病的？」

馬仲元也說：「是啊，我也奇怪着呢！」

小嵐眨眨眼睛說：「我也不明白，反正看見桃花嬸，腦子裏就能確定她生了什麼病，她的病可以用什麼藥治。然後上山採藥時，看到那些草藥，就知道它的名字和效用！」

曉星在一旁開心得笑瞇了眼，嘻嘻，看來小嵐姐姐恢復部分記憶了。她本來就跟萬卡哥哥學過中醫嘛！希

望小嵐姐姐能記起所有事，變回那個「天下事難不倒的馬小嵐」。

這時小嵐又說：「爹爹，您不是說要想辦法給大勇叔他們找出路，讓他們用正途去解決生計問題嗎？我想我找到了。」

「好啊，說來聽聽。」馬仲元驚喜地看着小嵐。

「我們靠山吃山⋯⋯」小嵐小嘴劈里啪啦，說個不停。

第七章
生活有了希望

第二天一大早,小嵐和馬仲元去探望桃花嬸。

青禾正在門口曬衣服,見到小嵐父女兩人,臉上露出了燦爛的笑容。他朝屋裏喊了一聲:「爹,馬先生和小嵐來了!」

劉大勇應聲走出來,笑看着那漸漸走近的兩父女,拱拱手說:「多謝小嵐姑娘救命之恩。我妻子已經沒發燒了,剛剛還吃了一小碗稀粥。」

「那太好了!」小嵐聽到桃花嬸能吃東西,很高興,她說:「大勇叔不用客氣。我想進去看看桃花嬸,再給她把把脈。」

劉大勇急忙說:「好好好,請進!」

劉大勇引着小嵐走進裏屋,只見桃花嬸斜靠在牀上,看上去精神好多了。原來桃花嬸還挺年輕挺漂亮的呢!

小女孩青苗呲着兩隻小虎牙,朝小嵐笑。

劉大勇對桃花嬸說：「這就是小嵐姑娘，就是她給你治病的。」

　　桃花嬸看着小嵐，一臉的感激：「謝謝你，小嵐姑娘。」

　　「不用客氣。」小嵐笑着走到牀邊，坐了下來說：「桃花嬸，我替你把把脈。」

　　桃花嬸把手從被子裏伸出來，小嵐摸着她手腕，屏住氣息感受了一下脈動，然後把她的手放回被子裏。

　　「桃花嬸，你的病好得差不多了。今天再吃兩次藥，就不用再吃了。不過，你還要休息幾天，保證飲食清淡，還要注意多喝些水。」小嵐一一囑咐着。

　　桃花嬸邊聽邊點頭，劉大勇說：「好，我記住了。」

　　小嵐叫桃花嬸好好休息，然後就和劉大勇一前一後走出了房間。劉大勇把小嵐的醫囑跟青禾說了，叫他馬上熬藥。

　　馬仲元坐在門口一塊大石上，看着劉大勇吩咐青禾，見他說完了，便招招手說：「大勇兄弟，過來聊聊。」

　　「好。」劉大勇應了一聲，坐到馬仲元身邊。

青禾從屋裏拿了一張小竹凳子出來給小嵐坐，然後開始給娘親熬藥。

「大勇兄弟，如果依靠自己的勞動可以掙到錢，你們還會去打劫嗎？」馬仲元看看劉大勇，問道。

劉大勇有點尷尬，他說：「當然不會。我們本來都是良民百姓，靠種田過日子。不幸遇上水災，又得不到救濟，無奈逃難來到這裏。本地官府不承認我們身分，讓我們沒法去找工作，如果真有辦法掙到錢，我們肯定不會去打劫的。其實，我們也知道之前做錯了，打算以後再也不做這樣的事了。」

劉大勇說到這裏，長歎一聲，說：「只是，怎樣才能走出一條生路，我們始終找不到辦法。」

馬仲元拍拍劉大勇的肩膀，說：「大勇兄弟，我一直都相信，你們不是壞人。我給你出個主意吧！俗話說，靠山吃山，你們落腳的這座白雲山，山上應該有很多寶貝，比如說草藥。你們可以發動村民去採摘，曬乾了賣給中藥店，雖然收入不會很多，但起碼可以解決一部分問題。」

這就是昨晚小嵐跟馬仲元說的掙錢方法，她覺得由父親說出來，更能讓村民們信服。

劉大勇等人原先生活在平原地帶，以耕田為生，對大山的情況並不熟悉，在白雲山定居後，也只曉得打獵解決生活問題。雖然經常見到一些奇奇怪怪各種各樣的植物，也沒想到裏面會有治病用的草藥，而這些草藥還是可以賣錢的。

馬仲元的話讓劉大勇心裏一動，他驚喜地說：「好好好，這主意好。以前我們只會打山上野獸的主意，沒想到還可以利用別的。不過，我們不會辨識草藥，不知道哪些是可以用來治病的，還請小嵐姑娘教會我們。」

青禾一邊燒火煲藥，一邊豎起耳朵聽着父親和馬仲元說話，聽到這裏，他高興極了，大聲嚷道：「爹爹，我也要去採藥，我要掙錢買好東西給娘吃。小嵐昨天已經教會我認得好幾種草藥，我可以帶着叔叔伯伯們去採摘。」

小嵐聽了笑着說：「青禾記性很好，我教他一遍就記住了。他可以做個小先生，帶人去採藥。另外，我昨天也順便採了一些草藥的樣版，可以讓大家照樣子採摘。」

劉大勇大喜：「好好好，那我們馬上就去做，爭取早日掙到錢。村裏吃的已經剩不多了。我馬上去找人

來，等會兒就由小嵐姑娘跟大家具體說說，有什麼草藥可以採摘，講講草藥的樣子。」

劉大勇跳起來，就急急地準備去召集村民。突然，他想到了什麼，低下頭走回來，皺着眉頭說：「我忘了一件頂重要的事，只有大興城裏才有中藥店，但進出大興城是必須要有通行證的。我們是從外地來的難民，沒資格申請通行證，所以我們不能進城。以前我們獵到一些獵物，都只能悄悄拿去附近一條小村，跟那裏的村民換些粗糧。」

馬仲元一怔，的確，進不去大興城，就做不了這買賣啊！

小嵐一怔，沒想到還有這樣的問題。怎麼辦呢？小嵐想了想，對劉大勇說：「總有辦法的。大勇叔，你儘管找人去採草藥，賣出去的事，咱們再想辦法，一定可以的。」

劉大勇一捏拳頭，說：「好，採藥去！總有辦法的。」

劉大勇叮囑了青禾幾句，然後急匆匆走了。馬仲元看着女兒，覺得她這段日子變化很大。

小嵐見父親目不轉睛地看着自己，便問：「爹爹，

怎麼啦？」

馬仲元說：「你有沒有發現自己跟以前有些不同了？」

小嵐愣了愣：「有嗎？」

她歪着頭想了想，咦，是啊，好像多了自信呢！以前自己不會像今天那樣給大人出主意的，更不會說「一定可以」這樣的話去鼓勵別人。

可是，這些想法這些話又都是自然流露的，好像自己一向就是這樣。好奇怪哦！嘿，不想這麼多了，反正這是好事啊！自信不好嗎？能給別人出主意不好嗎？

劉大勇很快就把能幹活的人全找來了，知道是之前帶上山的那家人給他們想出了掙錢的好辦法，一個個十分高興。之前給山上帶來了一隻大野豬，現在又給他們想到了掙錢的好方法，莫非他們這次搶劫搶到了一戶財神爺？！

小嵐拿出自己昨天摘的七、八種草藥，逐一向村民講解了它們的用途，還介紹了這些草藥的外形特徵、氣味，讓大家照樣子採摘。

村民們圍着小嵐，議論紛紛的：

「原來這種小菊花可以做藥，山上很多呢！我每次

去砍柴時，一路都能看到。」

「這種小花原來叫田旋花，我常常摘了戴在頭上，挺漂亮的。沒想到還可以賣錢。」

「我們趕快去採草藥吧！賣了我們就有錢了，家裏孩子就不用挨餓了。」

大家都很激動，覺得日子有了盼頭。

除了老弱病殘之外，所有人都出動了。大多數村民們跟着劉大勇去了採草藥；小部分村民就留下來，平整用來晾曬草藥的曬場；幾名會木工的村民由馬仲元和趙敏帶領着，為學堂打造桌子凳子，準備開學用的東西；小孩子們就去採野菜，準備晚餐……氣氛低迷的難民村變得生機勃勃，所有人都對未來充滿了希望。

小嵐準備自己上山走走，看看山上還有什麼東西可以賣錢；青禾本來要留下來照顧娘親的，但桃花嬸説有青苗在就行，一定要他跟着小嵐上山。雖然這山上沒有什麼具攻擊性的野獸，但桃花嬸還是不放心。

曉星背着一個迷你小背簍，那是青禾給他編的。他笑得有牙沒眼的跟在小嵐後面，説要做姐姐的小助手，幫姐姐把山上的好東西背回來。

其實，他真正開心的原因是——青禾告訴他，山上有好吃的野果子。

第八章

和松鼠搶食的小人類

小嵐也背了個背簍，她一邊走一邊好心情地唱着歌：「藍藍的天上白雲飄，白雲下面百花放。天氣多晴朗，處處好風光，小小姑娘心歡暢……」

曉星一聽，咦，這是以前那個時空的歌啊！連原來世界的歌兒都記起來了，離恢復全部記憶還會遠嗎？哈哈哈，太好了！曉星不禁也跟着唱起來了。

「……心歡暢，看蝴蝶跳舞，蜜蜂採蜜忙……」

青禾背了一個更大的背簍，他留心地聽着小嵐兩姐弟唱歌，好好聽哦！

「小嵐，這是什麼歌，真好聽。」等小嵐和曉星唱完，青禾好奇地問道。

「這首歌嘛……是什麼歌呢？」小嵐努力地想着，但怎麼也想不起來。

曉星想喚回小嵐的記憶，便提醒說：「小嵐姐姐，是我們去學校旅行時，路上常唱的《美好大自然》呢！」

小嵐莫名其妙的看着曉星，説：「你胡説什麼。學校是什麼？什麼叫大自然？」

唉，曉星鬱悶極了。什麼時候小嵐姐姐才能恢復全部記憶，變回那個「天下事難不倒的馬小嵐」呢？

曉星很快就忘掉了不開心，因為山上有趣的東西太多了！

「青禾哥哥，那是什麼果子？是不是可以吃？」曉星興奮地指着路旁一棵樹，那棵樹上的枝葉間，掛着一些圓圓的紅果子。

青禾一看，高興地説：「這個可以吃，酸酸甜甜的，很好吃。不過這山上很少這種野果樹，我們之前看到過兩棵，果子摘下來，小孩都搶着吃，大人想嘗嘗都沒了。曉星你運氣真好，竟然找到了一棵！」

「嘻嘻嘻，我的名字叫曉‧福星嘛……」曉星得意地笑着，又性急地指着樹上的紅果子説：「青禾哥哥，快摘快摘，等會兒帶回去給我爹娘吃、給你爹娘吃，也給大壯哥和其他人吃。」

「好。」青禾説完，抱着野果樹的樹幹，像隻小猴子，嗖嗖嗖，幾下就爬了上去，摘了果子就扔下來。

曉星開心得跳着叫着。他撿起一串野果子，掰了一

顆就往嘴裏塞，有點酸，有點甜，好好吃哦！

小嵐走過來，撿起一串仔細看了看，說：「這叫野山楂，我們以前吃過的糖葫蘆，就是用這個做的。野山楂還可以做藥呢，泡水喝可以增加食慾，更可以促進腸胃蠕動，促進人體的消化，緩解腸胃不適。山楂還有一定的活血化瘀的作用，可以很好的防治心腦血管疾病和動脈硬化。」

青禾聽了一臉的崇拜：「小嵐你懂得真多。」

曉星嘴裏塞滿了野山楂，他一邊吃一邊撿野山楂，放進自己的小背簍裏，很快把小背簍塞得滿滿的。

這時青禾從樹上跳下來了：「如果早點發現就好了，果子太熟了，好些都爛掉了。」

曉星想把小背簍背起來，但他人小力氣也小，哪背得起。青禾笑着把他背簍裏的山楂往自己的背簍倒去，留了一點點讓曉星背着。曉星緊張地盯着他的動作，說：「別全倒你那了，留一些讓我背。」

這護食的傢伙，生怕青禾把野山楂全拿走，不給他吃呢！見到青禾留了些在他的小背簍裏，才放下心來。

青禾又彎腰把地上的野山楂一一撿起，放進自己背簍裏。

小嵐説：「青禾，我也背一些吧！」

青禾搖頭説：「不用，等會兒可能還會找到好東西，到時再放你背簍裏。」

走着走着，見到前面有個紅松林，小嵐「咦」了一聲走了進去。

地上四散着一些褐色的松塔，小嵐彎腰撿起了一個，掰着上面的鱗片，露出一顆顆帶殼的松子。她心裏充滿了喜悦，真好，這滿山都是寶貝啊！松子好吃又有營養，是能賣錢的好東西呢！

小嵐蹲下來用小石頭砸了幾下，松子的殼被砸開了，她手裏很快就有了十幾顆白白的松子果仁。曉星走過來看了一眼，高興地喊道：「啊，是松子！」説完，就從小嵐手心裏拿了幾顆，扔進嘴裏。

「香，真香！」曉星笑眯了眼，他又去扒小嵐的手，説着：「我還要，還要！」

小嵐把一個松塔塞到他手裏，説：「自己掰去！」

曉星接過松塔，有點不相信地説：「啊，原來松子是這麼來的？」

這傢伙平時吃的松子都是從商場裏買的，已經剝好了，用瓶子裝着，他根本不知道是從松塔裏長出來的。

他眼睛裏滿載着好奇，學小嵐那樣用小手去掰，哇，松塔裏面真的藏有松子呢！

他高興得舉着松塔一跳一跳的，嘴裏大喊：「哇哇哇，太好了！我們趕快撿松塔，撿很多很多……」

青禾見到曉星歡喜的樣子，便走了過來。曉星拿了幾顆帶殼的松子，對青禾說：「哥哥，你嘗嘗。」

「這個能吃嗎？」青禾接過來看了看，便放進嘴裏，硬硬的，沒滋沒味，他趕緊吐了出來，說：「曉星，你騙人。」

「你好笨哪！要這樣，把殼砸開……」曉星蹲在地上，小胖手拿着塊石頭，咔，把松子的殼砸碎，把裏面白白胖胖的松子仁拿出來，塞到青禾嘴裏。

青禾馬上感到滿嘴甘香，咦，很好吃啊！他看着曉星手心裏的松子，十分驚訝。

自從來到白雲山，他就常和小伙伴們撿這種松塔回家燒火用——曬乾了的松塔很容易燃燒，而且會發出一陣很香很香的氣味。但他從不知道這裏面藏着這麼好吃的松子。

小嵐高興地說：「我們可以組織人來撿松塔，這東西賣得比中草藥還貴呢！」

之前在京城時，娘親時不時會買回來給她兩姐弟吃。聽娘說還挺貴的，店舖裏賣九十文錢一斤呢！

「啊，那太好了！」青禾興奮極了：「小嵐你真厲害，懂得真多。」

曉星站在一旁，正在像小松鼠一樣吃着松子，聽見青禾讚小嵐姐姐，他驕傲地說：「那當然，我小嵐姐姐很了不起的，天下事都難不倒她。」

「嗯。天下事難不倒馬小嵐！」小嵐順口說了一句。

曉星一聽大喜：「姐姐、姐姐，你想起這句話來了！」

小嵐說：「什麼想起來了？我以前說過嗎？」

曉星撅起嘴，還以為……

姐弟倆說話時，青禾已經盤算着找人來撿松塔了。趁學堂還沒有開學，可以叫小伙伴們一塊來摘松塔、砸松子。

青禾摘了一片葉子，捲起放在嘴邊吹了起來——悅耳的聲響，兩聲長兩聲短。他說，這是他緊急召集小伙伴們的暗號。

很快就聽到腳步聲，從五、六歲到十一、二歲，出

現了二十多個孩子。他們採完野菜正準備送回去，聽到哨聲召喚，像一羣小鴨子般踢踢踏踏地跑來了。

青禾說：「小嵐，人交給你了。」

二十幾個小孩，眼睛亮晶晶地看着小嵐。他們都知道這個漂亮女孩是誰，就是讓他們飽餐了一頓野豬肉的小福星男孩的姐姐，就是醫好了桃花嬸的病又認識很多草藥的小大夫。

「大家都知道，這叫松塔吧？」小嵐手裏舉着一個松塔，給大家看。

「知道！」孩子們回答。

聽着小嵐說話，孩子們可高興了。小姐姐真厲害，竟然知道松塔裏面有珍貴的松子，是吃起來香香的也可以賣錢的松子！

小嵐話剛說完，孩子們就各自忙開了。有的爬上樹摘松塔，有的在地下撿松塔，又忙碌又開心。剛才小嵐還說，他們可以跟爹娘比一比呢，看他們撿的松子和爹娘採的草藥，誰賣的錢多。他們一邊忙着一邊想，賣了松子，就可以換來米糧，他們就不用挨餓了。

松樹上有些小松鼠在探頭探腦的：不好了不好了，有小人類入侵我們的紅松林，來搶我們的食物了，得趕

快向大王報告！

難怪小松鼠護食，因為松樹林就是牠們一手創造出來的。

小松鼠喜歡吃各種堅果，松子是其中之一。小松鼠有儲藏食物的習慣，牠們經常在地上刨小坑，把平日節省下來的松子這個小坑放一點、那個小坑又放一點，放完還會用土蓋好，蓋得嚴嚴密密的，一點也看不出痕跡。牠們打算留作冬天找不到食物的時候吃。

但是，因為埋的地方太多太分散，有很多埋下的松子被牠們忘記了，或者記不起位置了。所以到了第二年的春天，那些被埋進土裏沒被挖出來的松子，就長成了松樹苗。

一年又一年過去了，這些小松樹苗就長成了參天大樹。所以，小松鼠把紅松林當成牠們自己的私有財產，不許別人插手，實在是一點也不過分。

還是說回小松鼠們向大王告狀的事吧！松鼠大王接到消息後，急忙跳到最高的那棵松樹上察看。不知是因為牠看見摘松塔的都是些臉色黃黃身體瘦瘦、衣服破破爛爛的窮孩子，實在可憐；還是因為覺得小人類也是人類，牠們惹不起。反正，大王爪子一揮，吱吱吱吱地下

達了旨意：算了算了，就讓他們摘吧，反正自己家族還有其他食物可以選擇呢！比如榛子、橡子，還有蘑菇等菌類，這些松子就讓給他們好了。

孩子們很快就把小背簍啊小籃子啊，全都塞滿了。哼喲嘿喲地拿回村裏了，又一起坐在平整好的曬場上，砸啊掰啊，很快就掰出了幾大盆松子。

他們除了一開始每人吃了一點點，就都很克制的不再動了，他們要留着去換錢換糧食呢！

入夜，大人們背着、抬着草藥，懷着喜悦回來了。看到孩子們採回來的松子，看到他們懂事的樣子，心裏更是驚喜。窮人的孩子早當家，已經可以幫大人掙錢、替家裏分憂了。

留在家的人早把晚飯做好了，難民村裏是集體吃飯的，每天由十幾個阿姨大嬸，在一間大房子裏一起煮。晚飯是之前剩下的一點野豬肉，加上野菜一起煮，勞累了一天的大人小孩，都吃得津津有味。

第九章
城門口遇到個馮大哥

幾天之後，曬場上已經堆了不少草藥，還有小孩子們也弄到了一小袋松子。小嵐想了想，決定自己帶大壯和青禾去大興城，想辦法出售——看看能不能在城外找到買家，也試試貨品有沒有市場。

這天一大早，小嵐過去找劉大勇，說：「大勇叔，我想今天跟大壯和青禾一塊去大興城那邊走走，給草藥和松子找找出路。」

自從小嵐救了桃花嬸，劉大勇就不再小看這小姑娘了。聽了小嵐的話，他猶豫了一下說：「你們三個小孩子去？不行，我帶人去吧！」

小嵐搖搖頭，說：「不，我們小孩子去才不會引起別人注意呢！」

劉大勇想了想，覺得小嵐說的也有道理。如果換成他們這些青壯年，說不定一接近城門就被盯上了——因為大興城是邊境城市，官府要小心提防遼國奸細混進去

刺探軍情。

　　劉大勇讓青禾找來了大壯，因為等會兒他們要走遠路，所以劉大勇去飯堂拿來了分量比平日多些的早飯，讓三個孩子吃了上路。說是「飯」，其實只是清湯寡水的野菜湯，裏面漂着十幾粒米飯。

　　野菜有點老，纖維很多，吃起來有點割喉，小嵐感到難以下嚥。不過，即使這樣的食物，也是吃了上頓沒下頓了。

　　身旁的小傢伙青苗吃得有滋有味的，不小心掉了一點野菜屑，她也珍惜地用小手指頭拈起來，小心地放進嘴裏。小嵐很為自己的挑食感到羞愧，她大口大口地，把整碗粥都吃進了肚子。

　　小嵐很喜歡青苗，這個小女孩只比曉星大了幾個月，但她比曉星懂事多了。小嵐很多次見到她用小小的身子背回來一綑綑生火用的樹枝，見到她一勺一勺地給病中的桃花嬸餵飯餵水、蓋被子、擦臉，做了很多不是五歲女孩做的事。

　　她看了看青苗腳上破了一個洞的鞋子，身上補了很多補釘的衣服，說道：「青苗，姐姐以後掙了錢，就給你買一份禮物。」

「給我買禮物?」青苗停止咀嚼，眼睛睜得大大的看着小嵐，問：「真的?小嵐姐姐你說的是真的嗎?」

「嗯，真的。」小嵐毫不猶豫地回答。

「小嵐姐姐，你真好。我還從來沒收到過禮物呢!」青苗眼睛瞬間紅了──小姐姐說要送她禮物，這讓她好感動。

小嵐伸手摸了摸青苗的小腦袋，心裏有點難受。在侍郎府，她常常收到父母或者親朋戚友的禮物，禮物對她來說早已不是什麼新鮮事了。她沒想到青苗從來沒收過禮物。

「你想要什麼?我一定給你辦到。」小嵐斬釘截鐵地說。小嵐心底裏最想送青苗的是鞋子和衣服。

「我想要⋯⋯」青苗眨眨水汪汪的大眼睛，歪着小腦袋認真地考慮着：「我想要一碗白米飯。」

「一碗白米飯?」小嵐驚訝地揚起了眉毛。

青苗一臉的嚮往：「在家鄉時，我見過村裏的大貴捧着一碗白米飯在吃。噢，大貴的家是我們村裏最有錢的。那米飯白白的、軟軟的、香香的，那是我從沒吃過的米飯。大貴吃得可香了。當時我就想，什麼時候自己才能吃上一碗那樣的米飯呢?」

小嵐萬萬沒有想到，青苗想要的禮物是一碗白米飯。她低頭看看穿得破破爛爛的青苗，鼻子一酸，眼淚都快要流出來了，說：「好，我一定送你一碗白米飯！」

　　「太好了！」青苗高興得拍起手來，她吞了吞口水，又小聲說：「姐姐，可不可以送兩碗，如果有兩碗，我就可以和村裏的小伙伴一起吃了。很多小孩子都沒吃過白米飯呢！我數數看，水根、順土、招娣、阿福、小雲……」

　　青苗一連數了十多個名字，看樣子，這裏的小孩子全都沒吃過白米飯。小嵐暗暗下了決心：青苗，我一定要讓你和小伙伴們都能吃到白米飯。

　　吃過早飯，又聽了大人們一次又一次的叮囑，小嵐和大壯、青禾出發了。

　　從山上去府城，有接近十公里的路程。古代人出門，不像現代人那樣，有那麼多交通工具可以坐。那時候出門，有錢人可以騎馬或者坐牛拉的車，而窮人呢，就只能靠兩條腿走路了。

　　大壯和青禾一人推了一台手推車，車上都放了草藥，大壯那輛車還多放了一袋松子。大壯長得比較高

大，推着車子像推着個小玩具似的，輕鬆極了。青禾雖然瘦瘦小小的，但他窮孩子出身，自小吃慣了苦，所以推着那輛小手推車也走得挺順暢的。只有小嵐空着兩手也覺得兩條腿越來越沉重，所以只好走一會就歇一歇。

就這樣走了一個多時辰，才遠遠見到了大興城的城門。

大興城屬於邊境城市，離小嵐他們本來要流放的北山關只有一百公里。北山關對大興城有着保護作用，邊關有軍隊守着，只要邊關堅固，大興府城就可安枕無憂。

等候入城的人很多，在城門外排了一條長長的足有二十多米的隊伍，又是車又是人的。城門處站了十幾名帶着武器的士兵，有的在虎視眈眈地打量着進城的人，有的在檢查進城的人的通行證。

小嵐三個人來到接近龍尾幾十步的地方就停住了，因為他們三個人都沒有通行證，他們是無法進城的。

大壯看了看二十幾米高的城牆，問道：「小嵐，我們打算怎麼進去？要不，等晚上夜深人靜，我偷偷爬進去，然後給你們打開城門。」

小嵐有點啼笑皆非：「你以為守城士兵是傻瓜啊，

你這麼大的動靜都不發現。」

「小嵐，你一定有辦法進去的，是吧？」青禾是很崇拜小嵐的，覺得她無所不能。

「不一定要進城才可以賣東西的。」小嵐看看周圍情況，對大壯說：「大壯，你留在這裏看好東西，我跟青禾去前面想想辦法。」

小嵐帶着青禾，沿着人龍，慢慢地向着城門方向走着，邊走邊觀察着排隊的人。青禾不知道小嵐在看什麼，但他相信小嵐這樣看是有理由的，可能看着看着就想出辦法來了。

離城門十來米時，守城門的士兵看到他們了，盯着他們看了一會兒，大概是見到兩名鄉下孩子，便沒理會。

這時小嵐突然停了下來，她抽了抽鼻子，咦，好濃烈的藥材味。她張望了一下，目光落向路邊停着的一輛牛車，藥材氣味就是從那輛牛車上發出來的。

再看看牛車旁邊坐着一個年輕人，樣貌英俊，雙目有神，看上去挺精明能幹的。另外有兩名僕人打扮的中年人，站在他身後。三個人都不時朝遠遠的路盡頭望去，看樣子是在等人。

小嵐打量了那幾個人一會兒，便走了過去。

她笑嘻嘻朝那個年輕人行禮，說：「大哥好！」

「你好！」那位年輕人很有禮貌地回了禮。

小嵐問道：「你們是做藥材生意的嗎？」

年輕人有點驚訝：「你怎麼知道？」

小嵐指了指那輛牛車上一袋一袋的東西，說：「我聞到氣味啊！我猜猜看：有丁香，丁香可以治療胃病、腹痛、嘔吐等疾病；有沉香，沉香具有行氣止痛、止嘔、平喘的功效；有五加皮，五加皮的主要功效是抗疲勞的，用這種中草藥燉湯效果不錯……還有，嗯，不說了，免得你們說我班門弄斧。」

年輕人聽小嵐這麼說，不由得哈哈笑了起來：「哈哈哈，全對了！小姑娘好厲害。沒錯，我們家是在大興城經營藥材店的，我剛從外府買貨回來呢！你們家也是經營藥材的嗎？」

小嵐點頭說：「我們是採藥的。不過我們剛從別的地方搬來，發愁沒有相熟的客戶，不知大哥收不收貨……」

「哦？」年輕人看了看小嵐，問：「你是想把貨賣給我們？」

「是啊！有部分貨我們已經送到城門口了，還省了你們去那麼遠進貨呢！」小嵐說。

「哈哈哈，你這小姑娘真會說話。好吧，我能看看你們的貨嗎？」年輕人笑着說。

「可以啊！」小嵐很高興，她轉身對青禾說：「你去找大壯，一起把東西推來。」

東西很快推來了，小嵐打開一袋金銀花給年輕人看。年輕人拿出一把來，聞了聞，又摸了摸，點點頭說：「不錯，很新鮮，品質也好。還有些什麼？」

小嵐又打開了其他幾袋草藥：「還有田旋花、黃芪……」

年輕人把草藥一一看過後，表示滿意：「好，我都要了。」

小嵐笑着說：「我們家裏還有呢，如果你覺得好的話，我們明天這個時候，送來這城門口。」

年輕人說：「好啊，你們有多少我要多少，價錢嘛……」

年輕人分別就不同的草藥，給小嵐報了價。小嵐也不知道草藥的價格，但看到可以賣不少錢，而且年輕人看上去也是個老實人，不像個奸商，也就爽快地接受

了。

小嵐又問：「既然你覺得我們的貨不錯，不如我們建立長期供貨關係，以後我們有貨都賣給你吧！」

年輕人點點頭：「可以啊！反正你們這些草藥都是些常用藥，顧客需求量很大。你們下次可以去城裏的石頭坊找我。我姓馮，名叫長安，我的中藥店就在那條街上。」

「可是……」小嵐一臉的為難。

「怎麼了？」馮長安問道。

「我們進不了城。我們是從南方逃難來的，沒有通行證……」小嵐說。

馮長安聽了，心裏非常同情。他也知道南方水災的事，也明白逃難來的人生活會怎樣的艱難，有心幫一把：「這樣吧，以後你們有貨的話，就送到這城門口。你們可以托進城的人捎個口訊給我，我馬上派人出城來拿貨。我的店在城裏還有些名氣，你一說石頭坊安康中藥店，很多人都知道。」

小嵐很高興：「謝謝馮大哥！」

馮長安叫一個僕人從牛車上拿來了一桿秤，把手推車上的藥材稱了，然後又馬上把錢給了小嵐。

「咦，這袋是什麼？」馮長安指了指小嵐沒打開的一個袋子。

小嵐差點忘了還有一袋松子呢！她說：「是松子。你有興趣嗎？」

「松子？」馮長安眼睛一亮：「能打開看看嗎？」

「可以啊！」小嵐急忙打開袋子給馮長安看。

馮長安一看便露出驚喜，他又拿起一顆，放進嘴裏咬碎，滿意地點點頭：「顆粒飽滿！這松子不錯。也賣嗎？」

「賣啊！」小嵐意外地驚喜：「你們也做松子生意？」

馮長安說：「以前沒做過。不過你們這松子很新鮮很不錯，我可以放在店裏賣。」

小嵐高興地說：「好啊，那就賣給你吧！」

松子賣了個好價錢，馮長安給了九十五文錢一斤。

第十章
幸福美好的記憶

　　看着賣草藥和松子掙到的錢，小嵐三人都很高興。特別是大壯和青禾，激動極了。自從逃難到這裏，他們都是靠着打獵、靠着上山挖野菜維持生活，從沒想過還可以通過別的途徑掙到錢。

　　來時推着一些平時不起眼的山貨，回時卻是兩袋哐噹噹作響的錢，大壯和青禾腰桿都挺直了很多。回去大人們看見這麼多錢，一定高興死了。

　　小嵐卻沒打算把這些錢帶回去，她問：「你們平時換糧食的青龍村在哪兒的？我們回去的路上會經過嗎？」

　　大壯說：「會經過。」

　　小嵐跟大壯和青禾商量說：「我們等下順便去青龍村買些米回去，好不好？」

　　「這……這……」大壯和青禾你瞅瞅我，我瞅瞅你，不敢自作主張。

這可是很珍貴很珍貴的錢啊！他們可不敢作這個主。他們出來的時候，劉大勇沒吩咐他們買什麼，可能是因為對他們能把東西賣了並不抱多大希望吧！

小嵐說：「聽說早餐那頓稀粥，已經是最後的存糧了。」

大壯和青禾也知道這事，不過在山上這已算是司空見慣的了，沒有糧食時，那就喝野菜湯當飯。

「我們就買些米回去，相信大勇叔不會罵我們的。」小嵐見大壯和青禾不肯吱聲，她決定自己作一回主。

「好！」大壯和青禾互相瞅了一眼，勉強點了頭。他們還是懼怕大人的。

小嵐見他們這樣子，便安慰說：「如果大勇叔罵，我就說是我出的主意好了。」

大壯和青禾異口同聲說：「不行不行！」

男子漢怎可以讓女孩子承擔責任。

大壯說：「好，買吧！我同意。回去就說是我們三人的主張。」

青禾也說：「對，同意。」

三個人開開心心地往回趕了。路過青龍村時，由青

禾帶着，找到了之前去換米的那家人。青禾說，那是青龍村的一戶有錢人家，家裏有很多地，每年收穫糧食之後，除了賣掉的，家裏還存有足夠一兩年吃的米。他們家的當家人姓胡，叫胡先仁，但人人都叫他胡善人，因為這人心腸很好，從不仗着有錢就欺負人。

那胡善人長得胖胖的，一副好脾氣的模樣，他認得青禾，便問道：「你爹怎麼沒來？」

「爹爹沒空呢。」青禾不好說買米是他們自作主張，怕胡善人認真起來不賣給他們。

「哦。你們這次用什麼來換糧食？」胡善人問道。

青禾摸摸腦袋說：「胡大爺，我們這次想用錢買，行嗎？」

胡善人也知道他們的難民身分，知道他們無法入城買東西，便說：「沒問題。給錢也行，就按城裏米舖賣的價錢，再便宜一成賣給你們吧！」

小嵐心想真不愧是胡善人，還真是有善心啊！她不由得感激地說：「那就謝謝大爺了！」

「不用謝，你們跟我來吧！」胡善人笑着說。

胡善人把三人領到他家放糧食的倉庫，說：「我這裏有上好的大白米，也有粗米，你們想買哪種？」

胡善人説了一下兩種米的價錢。兩種米的價格相差很遠，一斤大白米的錢可以買四斤粗米。

大壯和青禾齊聲説：「買粗米。」

大壯和青禾覺得，有粗米吃已經很好了，起碼能吃飽肚子。那大白米想也別想。

小嵐卻堅決地説：「不，咱們買大白米！」

她想起了下山前，那個小小的女孩，想吃一碗白米飯的願望。

「啊……這……」大壯和青禾人吃一驚。買大白米，這是他們想也不敢想的啊！

「就買大白米！既然掙了錢，怎麼就不能讓大家吃頓好的呢。錢，以後還會有的，別擔心。」小嵐一錘定音：「回去大人要罵的話，讓他們罵我好了。」

青禾突然有點哽咽，他看着小嵐：「小嵐，你是為了青苗嗎？」

其實，早上小嵐跟青苗的對話，青禾全聽到了。

小嵐沒回答青禾，只是説：「別多説了，馬上買，買好米，買大白米。」

「好，就買大白米！」大壯和青禾不再反對了。在他們心底裏，也想讓父老鄉親們好好地吃一頓白白軟軟

的白米飯。

　　他們興奮地花光了剛掙到的錢，買到的大米把兩台手堆車裝得滿滿的，還剩了一小袋怎麼也放不了，只好由小嵐背了。

　　大壯和青禾推着糧食走得飛快，他們想讓山上的家人和小伙伴，還有叔叔伯伯嬸嬸阿姨們，能早一些吃到白米飯。可憐小嵐背着一袋米，累得快趴下了。

　　走到白雲山腳下的時候，小嵐已經累得走不動了。大壯過來，想把她那袋米拿過去背，小嵐不肯，大壯和青禾推着手推車，比她累了好多倍呢！

　　這時突然見到有兩個人跑來，邊走邊朝他們揮手。啊，原來是馬仲元和劉大勇！他們倆對小嵐他們三個跑去大興城很不放心，馬仲元隔一會兒就往上山那條路眺望，看看人回來了沒有；而劉大勇本來上了山採藥也提早回到難民村，跟馬仲元一碰頭，都不約而同決定下山來接小嵐他們。

　　「爹爹！」小嵐一見便大聲喊道。

　　「爹……」青禾也高興地大叫。

　　「大勇叔！先生！」大壯也朝走來的兩人揮手。

　　「爹，咱們的草藥和松子都賣了，掙了不少錢

呢！」青禾興高采烈地對劉大勇説。

「是啊是啊，大勇叔，小嵐很厲害，城都不用進就把東西賣了。」大壯也搶着説。

兩人爭着説話，把賣草藥和松子的經過説了。

馬仲元和劉大勇聽了都很開心，他們也沒想到這麼順利。馬仲元摸着小嵐的頭：「哈哈，我就知道我閨女肯定行！」

劉大勇笑着説：「小嵐了不起！」

小嵐嘻嘻地笑着。説：「嗯，天下事難不倒馬小嵐嘛！」

大家都笑了起來，劉大勇對馬仲元説：「馬先生有個好女兒啊！」

馬仲元十分自豪，哈哈哈大笑起來。

劉大勇接過了青禾的手推車，看着那一袋袋的東西，便問：「這些是……」

青禾瞅了瞅大壯，又瞧了瞧小嵐，支支吾吾地：「哦，是、是……我們路過青龍村時，想起山上沒米了，就用剛掙到的錢買了些。」

「也好，家裏今晚已經沒米了。」劉大勇表示滿意，他打開其中一袋米，抓了一把出來。

青禾和大壯立刻躲得遠遠的。

「敗家子！」劉大勇一看手上白花花的大米，馬上跳了起來：「買這麼貴的米，這是我們窮人吃得起的嗎？！」

他指着青禾、指着大壯：「你們過來，看我揍死你們！」

小嵐見到劉大勇惱怒的樣子，心裏有點內疚。她擋在青禾和大壯面前，説：「大勇叔，對不起。是我的錯，是我主張買大白米的，我只是想讓大家吃點好的。」

馬仲元話語嚴厲地責怪女兒：「小嵐，你知不知道，一斤大白米的錢，可以買到四、五斤粗米呢！怎可以這樣大手大腳！」

小嵐低下頭：「我……」

青禾説：「爹，先生，你們別怪小嵐，她買這些白米，只是想滿足青苗的一個願望，滿足山上所有孩子的願望……」

青禾把早上小嵐和青苗的對話，全説了出來。

劉大勇頓時眼泛淚花，他心裏難受極了。山上這些跟青苗一樣歲數的小孩子，是一路上經磨歷劫，才能活

着來到這裏的。逃難的路上，不知有多少幼小的孩子因為沒吃的，餓死在途中。

這些孩子來到山上落腳，也和大人一樣，過着有上頓沒下頓的日子，一個個皮黃骨瘦，令人看着就心痛。劉大勇暗暗歎了口氣，他很感激小嵐對孩子們的憐惜。

「小嵐，謝謝你！」劉大勇說：「好，今晚咱就吃大米飯，是白白軟軟的、不摻一點野菜的白米飯！」

青禾興奮地說：「爹，真的？！」

大壯也睜大眼睛看着劉大勇。劉大勇重重地「嗯」了一聲。

「太好了！」大壯和青禾跳了起來。

這天晚上，十幾隻大鐵鍋同時在煮着上好的白米，難民村裏飄着一股久久不散的濃濃的飯香。不論是小孩子們，還是大人們全都吃到了一碗白白軟軟的大米飯，有生以來從沒吃過的香香的大米飯。

這碗白米飯讓他們記了很久很久，留給了他們無比幸福美好的記憶。

第十一章
被追殺的黑衣公子

　　天邊剛露出魚肚白，難民村裏的人就上山尋「寶」去了。自從他們知道，那頓白米飯是那些草藥和松子換來的，心裏就充滿了希望。他們有信心用自己勤勞的雙手，掙到更多的錢，讓自己和家人過上好日子。

　　今天上山的人比之前少了，因為今天學堂開學，孩子們都被家長們留下了，他們都希望自己孩子能讀書識字，將來更有出息。為了孩子，他們寧願辛苦一點，所以比平日更早就上山了。

　　太陽露頭的時候，小嵐一個人背着個小竹簍，也準備出門了。她打算自個兒去尋尋寶，找到更多能掙錢的東西。

　　青禾本來要陪她一塊上山的，但小嵐叫他去上學，不用跟來了。趙敏不放心小嵐一個人，但她要跟馬仲元一起教書，因為學生裏有很多五、六歲的小孩，馬仲元就乾脆另設了一個小小班，由趙敏負責。

「小嵐，別走太遠，就在附近好了。」趙敏看着小嵐的背影，大聲說。

「知道了！」小嵐邊走邊哼着歌兒，沐着早晨的陽光，上山去了。

早晨的空氣真好，加上鳥語花香，令人心情格外舒暢。自從一家被流放以來，歷盡種種苦難，現在終於有個落腳的地方，有了解決生計的方法，日子也有了奔頭。小嵐心裏有說不出的愉悅，她慢悠悠地走着，拿着一根小樹枝，一邊給自己打拍子，一邊大聲唱起歌來：

「小小少年，很少煩惱，

眼望四周陽光照。

小小少年，很少煩惱，

但願永遠這樣好。

一年一年時間飛跑，

小小少年在長高……」

「姐姐，等等我……」一聲叫喊打斷了小嵐的歌聲。

啊，是曉星追來了！沒想到他那兩條小短腿，竟然能跑這麼快。

「姐姐、姐姐，你怎麼不叫我一塊上山，我也要幫

98

忙尋寶！」曉星氣喘喘地説。他也背了個小竹簍。

小嵐用樹枝拍了曉星一下：「爹爹不是叫你去學堂，跟青禾他們一塊認字嗎？怎麼跑來了，趕快回去，小心回去爹爹打你屁股。」

曉星心想，我這個中學優等生，還用跟那幫小屁孩一起學認字？當他們老師都綽綽有餘呢！

「姐姐別趕我走。我是天才兒童，生而知之，不用學的。」曉星嘻皮笑臉地説。

看着眼前這個洋洋得意的小不點，小嵐心裏直樂。她到底沒趕弟弟走，她知道弟弟很聰明，的確不用從「人之初」學起。

「姐姐，山上除了野山楂，還有其他好吃的野果嗎？」看看，這就露出小尾巴來了。這傢伙根本不是來幫忙尋寶，而是饞嘴想找吃的呢！

「哼，原形畢露了吧！貪吃的臭孩子！」小嵐用樹枝拍了曉星一下。

「嘻嘻。」曉星朝姐姐呲着兩隻小虎牙。

「山上的確長着不少可以吃的野果，不過在冬天這個季節成熟的並不是很多。我知道有一種叫小黃果的，在糧食失收、農民們沒有食物的時候，很多人就到處尋

找這種野果子吃。還有一種叫拐棗的，一根枝條上長出很多形狀怪異的果實，拐來拐去，像雞爪子一樣。有學者研究認為拐棗在地球上已經有五百萬到一千萬年的歷史，是地球上最古老的植物之一。拐棗十分甜……咦！」小嵐說着說着停了下來，心裏那種奇怪的感覺又出現了。

自己生下來就在京城侍郎府，從來沒有上過山，為什麼會認識那麼多山上的植物呢？之前的草藥、現在的野果，反正就是自動地就從腦海裏冒出來了。

難道自己是生而知之？小嵐想着想着，心裏挺雀躍的。

如果曉星知道她在想什麼，一定馬上給她解答疑問：姐姐，那是萬卡哥哥教的。萬卡哥哥常常帶你上山，認識各種植物，還教你把脈看診。

不過此時曉星的心都放在找吃的上面了。他一雙大眼睛像雷達探測器一樣，東探探西探探，咦，還真被他找到了！他大喊起來：「姐姐快來，那樹上是不是你剛剛說的拐棗？」

小嵐一看，曉星不知什麼時候拐進了路旁的小樹林，他那件藍色的衣服，在樹林裏若隱若現。

小嵐撥開亂七八糟的枝椏，走了過去，只見曉星指着的那棵樹形狀優美、葉子很大片，枝葉間長着一小叢一小叢棕灰色的、彎彎曲曲的棒狀物，有如筷子般粗細。

這小孩，真的幸運啊！還真被他找到一棵拐棗樹了。

曉星聽到小嵐肯定的回答，高興得手舞足蹈的，口水都流出來了。他用小手指指着叫道：「姐姐，我要吃，我要吃！」

小嵐拍了他一下：「饞嘴貓，等一等。」

小嵐伸手摘了一截拐棗下來，掏出小手絹仔細擦了擦，遞給曉星。曉星眼裏渴望的小眼神，彷彿要伸出鈎子來了，他接過拐棗，咬了一口。

他按小嵐説的吃法，細嚥慢嚼，吃得滿嘴甘甜，味道很像葡萄乾呢！

看着像小松鼠一樣、鼓着小腮幫嚼拐棗的曉星，小嵐也掰了一小截，放進嘴裏咬，真甜。拐棗這東西其貌不揚，看上去根本不像能吃的，估計青禾他們一定不曉得這個可以吃。等會兒多摘些回去，給他們嘗嘗。

小嵐和曉星的小背簍裝不了多少拐棗，他們給拐棗

樹做了記認，好讓青禾他們來摘。兩人又朝前走了，希望能發現更多好東西。

曉星一邊走一邊吃拐棗，機靈的大眼睛還不住地四處瞧，希望能再看到拐棗樹，或者小嵐姐姐剛才説的黃果子，走着走着跟小嵐拉下了十幾米的距離。

小嵐向前走着，突然⋯⋯

咦，前面有人！只見一個穿着黑色長袍的人，靠着一棵樹坐着。看打扮，很明顯不是難民村的人。

怎麼有點眼熟？小嵐警惕地打量了那人幾眼，啊，這不是早前流放路上碰到的那個討厭的公子哥嗎？想起那聲「真醜」，還有那鄙視的眼神，小嵐氣呼呼的，頭一扭，決定無視他，昂首闊步地從他面前經過。

咦，不對啊！那傢伙似乎有點不對頭，他一動不動的，眼睛緊緊閉着，臉白得沒有一點血色。怎麼像是昏迷了？

小嵐放慢了腳步。她心地善良，儘管心裏很討厭這人，但如果這人有事，她也不會見死不救。

細看之下，小嵐眼睛霎地睜大了——血！

這人穿着黑色衣服，所以之前沒看清楚。現在仔細看去，發現他垂着的右手，不斷有血往下淌，地上已經

流了一灘血。

難道他被人追殺，逃到這兒來的？

小嵐急忙跑了過去。她發現這人的肩膀有一道刀傷，深可見骨。見到傷口裏不斷流出的血，小嵐心想，這樣下去，血流盡了，人也沒救了，得趕快替他止血、包紮。

小嵐急忙放下背簍。之前一路走來見到草藥她都採了些，準備帶回去給村民作樣版，剛好裏面有止血和消炎的草藥。

小嵐把草藥嚼爛，敷在那人肩膀上。也許是覺得痛楚，那人呻吟了幾聲，還睜開了眼睛，看了小嵐一眼，但馬上又昏了過去。小嵐沒停下手裏動作，她敷了藥，又從那人的衣服下擺撕了一條下來，把傷口包紮好。血終於止住了。

這時聽得噠噠噠的腳步聲，曉星走來了。他見到昏迷的那人，突然驚叫一聲，扔了手裏吃着的拐棗，跌跌撞撞跑了過來，撲向那人，口裏哭喊着：「萬卡哥哥，你怎麼現在才來，曉星好想你！嗚嗚嗚……」

小嵐一把扯住曉星，怕他把那人撞得更傷：「小心，他受傷了。」

「嗚嗚嗚,萬卡哥哥,你怎麼受傷了⋯⋯」曉星跪到那人面前,哭着。突然,他擦了擦眼睛:「咦,他不是萬卡哥哥,但是長得有點像啊!」

「萬卡哥哥是誰?」小嵐疑惑地問道,她隱約記得,不久前曉星問過她記不記得萬卡哥哥。

「你不記得萬卡哥哥了嗎?」曉星扁着嘴問。

小嵐正想問他萬卡哥哥是誰,突然聽到遠處有沙沙沙的腳步聲傳來⋯⋯有人來了!小嵐看了看受傷的那人,心裏響起警鈴,難道是追殺的人來了?

第十二章
姐姐跟我一樣厲害

　　小嵐一時慌了手腳，如果真是追殺的人來了，説不定會殺人滅口，把自己和弟弟一塊殺了呢！

　　現在離開還來得及，離這黑衣公子遠點就可以性命無憂，犯不着為這個討厭的傢伙丟掉性命。

　　小嵐拉着曉星就要跑，但她又遲疑了。自己雖然不喜歡這人，但也不希望他沒命啊！得救他！

　　本來最好的方法是趕緊把他帶回難民村，但她跟曉星兩人根本沒法背他，怎麼辦呢？小嵐情急之下，見到地上厚厚的一層落葉，靈機一動，咦，可以用樹葉把他遮蓋起來啊！

　　小嵐趕緊捧起樹葉往那人身上灑，曉星眨眨眼睛：「姐姐，你……」

　　不過，沒等小嵐回答，他已經明白小嵐的用意了，也跟着用小手捧起樹葉，放到那人身上。剛剛來得及把人蓋住，就見到有兩個人朝這邊來了。

小嵐趕緊拉了曉星一把，兩人朝另外方向走去，盡量離藏着黑衣公子的地方遠一點。剛走了十來步，就看到兩個身穿緊身黑色衣服、身材高大的人來到面前。

　　兩人樣子都有點狼狽。衣服上血跡斑斑，其中一個臉上還有一道刀傷，傷口滲着血，看得出是剛剛受的傷。另外一個好像是腿受傷了，走路有點拐。

　　小嵐心想，那黑衣公子身手還真不錯呢，一個打兩個，還打傷了他們，逃脫了。

　　兩個黑衣人用銳利的目光上下打量着小嵐和曉星。

　　曉星在小嵐耳邊小聲說：「看樣子很像殺手呢。」

　　「嗯。」小嵐認同地點了點頭。

　　這時，傷臉黑衣人問：「小孩，你們有沒有看見一個穿黑色衣服的公子？」

　　小嵐正想搖頭，曉星卻大聲說：「有！」

　　小嵐嚇了一跳，這臭孩子，怎麼……

　　兩個黑衣人大喜，齊聲問道：「在哪裏？」

　　曉星用小胖手朝他們一指，一副傻傻的樣子：「這裏。你們不就是嗎？」

　　小嵐忍笑忍得肚子痛，弟弟好幽默。

　　「你！」那兩人氣得直瞪眼睛，但看着把手指放在

嘴裏啜得津津有味、大眼睛朝他們眨啊眨啊的曉星，又實在罵不出來。

傷腿黑衣人看着小嵐問：「除了我們，還見過別的穿黑色衣服的人嗎？」

小嵐眼珠轉了轉，「嗯」了一聲，說：「見過，朝那邊去了。」

她指了指往大山深處的方向。得先把這兩人引開。

「走！」傷腿黑衣人拉了拉他的伙伴。

「咦，你看看那邊，地上那堆樹葉，有可疑！」他的伙伴沒動，指了指距離十幾步遠的地方。

小嵐急了，她想攔住兩人，但她一個女孩子能攔得住嗎？那兩個身手敏捷的黑衣人已經越過她，跑向黑衣公子藏身的地方了。

「完了完了！」小嵐用手掩住眼睛，心想，討厭的傢伙，我已盡力了，沒保住你，我也是沒辦法。

曉星那傢伙就不自量力地跑了過去，他揮舞着小爪子，嚷嚷着：「不許去！你們想幹什麼！」

那兩人根本無視他的抗議，跑到樹葉堆跟前，蹲下用手扒着，黑衣公子那張帥臉一下露出來了。

那兩人撲通一聲跪了下來，那個傷腿黑衣人大哭起

來：「公子，屬下來遲了，你死得好慘啊！」

傷臉黑衣人急忙用手指去試探黑衣公子的鼻息，探完後說：「別哭了，公子還活着呢！」

「啊，真的！」傷腿黑衣人大喜。

小嵐聽了，一顆提到嗓子眼的心才放了下來。原來這兩人是黑衣公子的下屬！

那兩個黑衣人繼續扒着樹葉，黑衣公子整個人很快露了出來。

「啊，有人幫過公子！」他們發現了黑衣公子包紮得很好的受了傷的肩膀，還聞到了裏面的草藥味。

「你看地上，公子流了好多血！這人救了公子的命啊，要不是他用了藥還包紮了傷口，公子就流血不止，會死人的！」

「那些遼國賊子真狠毒，知道皇上派公子去邊關，就派人中途埋伏，要殺公子。咱們親兵隊拚死保護，死傷無數，才殺退了那些人。」

「俗話說，有恩報恩，有仇報仇，這仇一定要報的。只是不知救了公子的恩人是誰，無法報恩。」

「那兩個孩子可能知道⋯⋯小孩，過來！」

小嵐拉着曉星走了過去。

傷臉黑衣人問道：「你們知不知道，是誰給公子上的藥？」

曉星用小胖手指指小嵐：「我姐姐啊！」

「她？」兩個黑衣人都有點不相信。

小姑娘才多大啊，會治傷？

「真的！我姐姐可了不起了，跟我一樣厲害。」曉星驕傲地挺起了小胸脯：「前幾天桃花嬸病得很重，也是我姐姐治好的。」

「嗯，沒錯。」小嵐毫不客氣地承認了。

兩個黑衣人互相瞅瞅，這兩個小屁孩，肯定是一個媽生的，都不曉得謙虛。

小嵐又說：「我聽見你們說話了，你們說要報恩的，不知道說話算數不？」

「姐姐，看你這話怎麼說。兩位哥哥都是好漢啊，男子漢大丈夫，怎會說話不算數！」曉星小虎牙朝兩黑衣人一呲：「大丈夫哥哥，對不？」

兩名黑衣人聽了不由得挺了挺胸膛：咱就是男子漢大丈夫，咱說話就是算數。

於是傷臉黑衣人心甘情願地掏出一個小袋子，交給小嵐：「這是賞你的錢。」

小嵐把手往身後一背，搖搖頭說：「我不要錢。」

曉星一聽急了，那是錢啊，能買很多食物的錢啊！他急忙伸出小胖手去拿。

「咱不要這個！」小嵐一把將曉星拉了回來。

黑衣人很奇怪，問道：「那你想我們怎樣報恩？」

小嵐說：「我想要一張能進大興城的通行證。」

剛才兩個黑衣人說的話，小嵐全聽到了，知道這些不是普通人，他們要去邊關，身上肯定有通行證。

「哦？通行證？你要通行證幹什麼？」黑衣人用奇怪的目光看着小嵐。他不明白怎麼有人給錢不要卻要一張通行證，明明只要有登記戶籍就能申請通行證啊！

小嵐說：「不要用看傻瓜的眼光看我。是家裏人不許我去大興城，所以不替我辦通行證。可我實在很想去啊！大興城一定有很多好玩的，好吃的。」

「嗯嗯嗯。」曉星已經明白了小嵐的用意，對難民村的人來說，的確一張通行證比錢更重要。所以他在一旁拚命點頭，以證明姐姐說的是真話。

「好吧，我送你一個集體通行證吧！你不能自個兒去啊，你一個小姑娘不安全哦，得找幾個小伙伴陪你一塊去。」傷腿黑衣人在身上掏啊掏的，拿出一張硬紙

片：「給你。保管好啊，這是集體通行證，一次可以進去六個人。這種通行證官府一般不會發放的，我們公子厲害，才能拿到幾張，我們公子很厲害的。」

「謝謝好漢哥哥！」曉星搶過通行證，笑嘻嘻的。小嵐姐姐真是厲害啊，竟然想到問他們要通行證。有了通行證，他們以後就能進城了。賣草藥時，也不用找人通知馮大哥出城收貨這麼麻煩了。

兩個好漢背着受傷的黑衣公子走了，小嵐和曉星高高興興地又去尋寶，再發現了幾種可以賣錢的草藥，採了好些樣本才往回走。

小嵐和曉星在村口見到了採草藥回來的劉大勇和一班村民。

「啊，真的？真的有通行證？！還是可以六個人進城的？」劉大勇眼睛睜得大大的，他有點不相信自己的耳朵，不相信竟然有這樣好的運氣。

要知道，自從逃難到這裏落腳，因為沒有進城的通行證，他們很多生活用品沒辦法買，村民有病也沒辦法進城找大夫，很多事都不能做。比如最近他們採草藥去賣，就因為不能進城，就只能靠碰運氣，在城門口找人買，還好幸運地碰到了好心人馮長安。但總不能長期這

樣麻煩人家跑來城門口拿貨的。

「當然真的。」小嵐把那張蓋有官府印章的通行證交給大勇叔。

大勇叔把手在衣裳上擦擦，然後才珍惜地接過通行證，他看了又看，激動得手有點發抖：「太好了，太好了！」

一班村民都湊過去看，可高興了，因為他們都知道這通行證的重要性。大家都朝小嵐和曉星豎起大拇指。

激動中的劉大勇突然想起一個問題，便問小嵐：「這張通行證是哪裏找來的？」

他心裏有點擔心，以前沒見過這地方的通行證，萬一有人糊弄小嵐兩個小孩子，給了他們個假證，那就糟糕了——到時他們拿着進城，城門口進不了，說不定還被抓起來，給安上一個偽造官府公文的罪名，被抓起來呢！

沒等小嵐出聲，曉星就搶着說起來了：「嘻嘻，那是我們救了一個受傷的黑衣公子，黑衣公子的衛士要報恩給我們賞錢。但是小嵐姐姐不要錢，向他們要來了通行證……」

聽完曉星吱吱喳喳的一番話，劉大勇這才放心了。

原來是有人為了報恩給了通行證，這樣應該不會是假的了。

　　「這就解決大問題了。我們以後去賣草藥，就可以堂堂正正的進城找那位馮老闆了。」劉大勇地説。

　　「是啊，真是太好了！」一班村民都很興奮。

　　看到曬場上堆放着的曬乾了的草藥，大勇叔決定第二天就去一趟大興城。

第十三章

走進大興城

第二天，劉大勇點名了青禾和大壯，還有一名力氣大的村民，他們四個人負責運山貨；另外還帶了小嵐和曉星兩個孩子，讓他們進城玩玩。

曉星是最高興的一個了。自從穿越時空來到這裏，他就一路倒霉，先是和家人一起被流放，然後又被劫上白雲山，還沒有好好地參觀一下這個大宋朝呢！今天終於有機會去見識一下了。而更重要的是，進城肯定會看到很多賣好吃東西的店舖哦！自己是五歲小孩，小孩子是可以放肆一下的，一哭二鬧三打滾，就不信大人不給自己買。

就這樣，曉星打着自己的小算盤，坐在大壯的手推車上，呲着小白牙，高高興興地出發了。

「圓圓的腦袋大大耳朵，笨手又笨腳跑步像陀螺，一動小腦筋總是出錯，想要做好事但總闖禍。爸爸說我是個是個機靈鬼，媽媽搖頭叫我叫我淘氣包……」曉星

是個不甘寂寞的人，坐在手推車上搖頭晃腦地唱起歌來了。

青禾笑嘻嘻地問道：「曉星，這歌兒好有趣。圓圓的腦袋大大耳朵，笨手又笨腳跑步像陀螺，說的是誰啊？」

小嵐指着曉星：「他唄！」

「不是啦，我哪有這麼醜這麼笨！我可是英俊瀟灑、玉樹臨風的曉星公子。」曉星小胸脯一挺說。

小嵐一臉鄙視地看着曉星的小短腿小胳膊，說：「嗤，英俊瀟灑玉樹臨風？笑死人了！」

「啊！」曉星這才想起自己還是個五歲小屁孩，不是以前那個十五歲的翩翩美少年，不禁洩了氣。唉，我想長大！

曉星唱歌的興致被小嵐打擊了，但他是個喜歡說話的人，憋了一會兒又忍不住了。他眨眨眼睛，用狡猾的眼神看着青禾：「青禾哥哥，我給你講個故事吧！」

「好啊！」青禾高興地說。要走好長的路才能到城裏呢，埋頭走路太悶了。

「我開始講啦！從前有個小孩子，他買了一個西瓜回家。他吃了西瓜，把瓜籽留下，種在院子裏，天天來

澆水，天天來看它。西瓜發了芽、長了葉，結了個大西瓜；小孩子吃了西瓜，把瓜籽留下，種在院子裏天天來澆水，天天來看它。西瓜發了芽、長了葉，結了個大西瓜；小孩子吃了西瓜，把瓜籽留下，種在院子裏，天天來澆水，天天來看它。西瓜發了芽、長了葉，結了個大西瓜……」

青禾被曉星的故事繞暈了，眼睛眨啊眨的看着他。

小嵐忍不住打了曉星一下：「壞小孩，淨欺負老實人！」

「哈哈哈哈哈……」曉星得意地大笑：「沒有啦，開個玩笑……」

其他人看了都笑了，這小傢伙，一點不像個五歲的小孩，怎麼就那麼古靈精怪呢！

「青禾哥哥。這回真的講個故事給你聽吧！很好聽的哦……從前有座花果山，山上有個美猴王，他……」

曉星一本正經地講起《西遊記》故事，這下子，不但青禾，連其他幾個大人都被吸引了，一個個豎起耳朵聽得津津有味。小嵐心裏奇怪，這故事有點熟悉哦，自己什麼時候聽過呢？

見到大家喜歡聽，曉星很得意。《西遊記》，中國

古代四大名著之一啊，不是白叫的，不迷住你們才怪呢！

就這樣聽着曉星講故事，漫長的進城之路也不覺得累了，很快就見到大興府城高大的城牆了。

今天進城的人沒上次那麼多，才排了二十幾個人，很快就輪到了。劉大勇領頭，一行人走向城門口。

守城的幾名士兵都拿着武器，臉繃着，神情兇兇的，看上去有點嚇人。大家心裏都有點忐忑，因為不是直接從官府那裏拿來的通行證，心裏到底不夠踏實。幸好士兵從劉大勇手裏拿過通行證，瞧了瞧，便揮揮手，說：「進去吧！」

大家這才鬆了口氣，踏進了大興城。

大興城真熱鬧！四通八達的街道，街道兩旁的一間間店舖，有賣布的、賣米的、賣雜貨的、賣吃的……大家都看得眼花繚亂。

曉星專盯那些賣吃的店舖，眼睛都伸出小鈎子來了，恨不得把那些包子啊、米糕啊勾幾個進嘴裏。不過他也知道帶來的貨品還沒賣出，也不敢纏着要買。

劉大勇說：「我們先找到那位馮老闆的中藥店，把貨賣了，然後再逛街買些東西回村。」

大家都表示贊同。小嵐說：「馮大哥的舖子在石頭坊，得問問石頭坊怎麼去。」

　　小嵐說着，一把拉住經過身邊的一位中年阿姨：「阿姨你好，請問一下，石頭坊在哪裏？」

　　中年阿姨朝東邊指了指，說：「你往那邊走，第一條橫路轉右，再走一會兒便到了。」

　　「謝謝阿姨！」小嵐謝過阿姨，便和大家一起往東面走去。

　　按阿姨說的路徑，果然找到了石頭坊，找到了安康中藥店。小嵐讓大伙兒在門口等着，她拉着曉星，走進了中藥店。

　　「馮大哥！」小嵐一眼就看見了正在忙着撿藥的馮長安，她也沒打斷他，拉着曉星在一邊等着。

　　馮長安給顧客撿好藥，一抬頭便看見了小嵐，他驚喜地喊了起來：「小嵐，是你啊！你怎麼可以進城了？」

　　小嵐笑嘻嘻地說：「馮大哥好！我們拿到通行證了，不用麻煩你派人去城外接貨了，我們可以直接送來。」

　　「真好真好！那以後你們進城辦事也方便多了。」

馮長安衷心地為小嵐他們高興，他突然發現了曉星，便問：「這孩子是……」

小嵐說：「這是我弟弟曉星。曉星，快叫馮大哥。」

曉星呲着小白牙朝馮長安笑：「馮大哥好！」

「乖，真乖！」馮長安笑呵呵地說：「這孩子長得真好，又可愛又精神！」

「還英俊瀟灑玉樹臨風呢！」曉星急忙給補一句。

「哈哈哈！是是是，英俊瀟灑玉樹臨風。」馮長安大笑着，他轉身從中藥抽屜裏拿出一把紅棗，塞到曉星手裏：「給你，很甜的。」

「謝謝馮大哥！」曉星接過紅棗，笑得有牙沒眼的。

小嵐又把大勇叔等人介紹給馮長安，寒暄之後，大家把東西搬進舖子，給馮長安驗看、過稱。馮長安對草藥很滿意，很願意長期要貨。

馮長安很客氣，貨品交易完畢之後，他拉着劉大勇，非要請他們一行人吃飯。劉大勇拒絕了，初次見面，不好意思麻煩人家。拿着馮長安給的草藥錢，大家開心地走了。

臨走時，馮長安又拿了一大把紅棗，塞到曉星的衣袋裏，樂得曉星眼睛都笑成了彎彎月芽。

　　「姐姐吃、大勇叔吃、大壯哥吃……」曉星也不獨吃，一人給塞了一個大紅棗。

　　這時午飯時候到了，大家都捨不得去食店吃，便在一家包子店買了一大堆包子、饅頭，每人幾個，吃飽了肚子。曉星是小孩子，大家都疼愛他，劉大勇作主，給他買了些糖啊、餅啊等零食。不過他也懂事，吃了一顆糖就不吃了，珍惜地放到小背簍裏，説是要帶回去和小伙伴一起吃。

　　路過一間首飾店時，劉大勇停住了腳步。他掏出一錠銀子，塞到小嵐手裏，説：「這錢你拿去買件喜歡的首飾。」

　　難民村能掙到錢，小嵐的功勞最大，所以劉大勇決定讓小嵐買件喜歡的東西。

　　小嵐看了看手裏的錢，猶豫着：「這……」

　　見到小嵐這樣子，其他幾個人都七嘴八舌地説：

　　「買吧買吧，這是你應得的。」

　　「對。算是給你獎勵好了。」

　　「要不是你認識草藥，我們哪知道可以賣錢……」

「謝謝，那我就收下了。」小嵐高興地説。

大家又齊聲説：「收下收下，一定要收下。」

小嵐拿着錢，説：「你們在這等等，我去那邊買東西。」

小嵐説完，飛快地跑進了一家店舖，很快她又拿着一個小盒子跑回來了。

曉星好奇地問：「姐姐，你買了什麼？」

「好東西！」小嵐喜滋滋地打開小盒子，只見裏面一排針灸用的銀針，在熠熠生光：「有了這些銀針，以後村民生病，我就可以給他們針灸治病了。」

劉大勇幾個人很感動，他們沒想到，小嵐不買首飾買銀針，心裏想着的是他們難民村的村民。他們心裏都在想，以後一定更好的對待馬先生一家。

一行人繼續高高興興地逛街，把賣草藥的錢，都換成了糧食和日用品。經過一間賣衣服鞋子的店舖時，小嵐用剩下的錢買了一雙鞋，那是給青苗的，青苗那雙鞋破得已經不能穿了。

大勇叔抬頭看看太陽，説：「時間不早了，咱們回去吧！」

於是，一行人推着、背着買來的東西，往他們進來時的南城門方向走去。

第十四章

壞消息傳來

已經看到高大的城門了，出了城，就可以踏上回家的路了。想到村民們看見買回的東西時興高采烈的樣子，大家都不禁加快了腳步。

城門口忽然傳來一陣嘈雜聲。

「有人昏倒了。快，快救人！」

「看服飾是個士兵。」

「有大夫嗎？有懂醫術的嗎？」

小嵐等人看過去，只見城門口圍了一大堆人，好像在看什麼。

小嵐心想，有人昏倒了？她本能地跑了過去，撥開人羣。只見一名年輕士兵一動不動地躺在地上，臉色慘白。他身上的衣服又破又髒，還沾着血跡，旁邊一匹黑馬，正垂着腦袋，用嘴去拱那個士兵。看來士兵應是騎着這匹黑馬，從很遠的地方跑來的。

「我來！」小嵐跪到士兵身邊，抬起他一隻手給把

脈，確定士兵沒有大問題，只是因為長途奔跑，精神緊張沒有休息沒有吃東西，身體虛弱以至昏迷。

她拿出剛剛買來的銀針，用烈酒消毒後，分別扎在士兵的人中、湧泉、百會等穴位。圍觀的人都緊張地看着小嵐的動作，有人小聲議論：「這麼小的小姑娘，究竟會不會治病的？別把人扎壞了。」

但事實很快消除了人們的擔心，士兵悠悠地醒過來了。

一名負責守門的將軍把士兵扶了起來，讓他靠着自己的胳膊，問道：「兄弟，你是從哪來的？出什麼事了？」

士兵嘴唇張了張，想說話卻說不出來，小嵐説：「誰有水，給他餵點。」

「我這裏有。」一個圍觀的婆婆從自己背着的背簍拿出一瓶水，蹲下餵給士兵。

士兵喝了幾口，然後用沙啞的聲音説：「快，快關城門。通知官府，遼國軍隊入侵，北山關已經失守，遼國軍隊已經朝這裏打來，大隊人馬很快就會殺到了。我很不容易逃出來報訊……」

人們馬上一片恐慌。

「啊，北山關失守了！」

「天哪，邊關失守，大興府就危險了！」

「我們趕快叫上家人，逃跑吧⋯⋯」

「你沒聽那個報訊的軍爺說嗎？遼國軍隊很快會殺到了，我們跑出城外，不正好撞進他們手裏、送羊入虎口嗎？還是在城裏安全⋯⋯」

守門將軍吩附一名下屬，背上報訊的士兵去知府衙門，向知府大人報告軍情。他又派了幾個人馬上去通知其他城門的守門士兵，關上城門，把守好。然後他自己就指揮人迅速把在城外排隊的人接進城裏，然後關上城門。

隨着城門關上，隨着人們奔走相告，邊關失守、遼人即將殺到的消息傳遍了整個大興城。大興城亂了，人心惶惶，商舖關門了，小攤販也都收攤了，街道上的人都像沒頭蒼蠅一樣拼命亂竄，呼兒喚女，跑回家把家門關得緊緊的，躲在裏面不敢出來。

小嵐和大勇叔一行六人呆呆地站在大街上，看着身邊慌慌張張奔跑着的人們，不知如何是好。真沒想到，來一趟城裏，竟碰上了遼人入侵。

曉星抱着大勇叔的大腿，可憐巴巴地問道：「大勇

叔，怎麼辦？我們不能回家了。」

劉大勇眉頭皺得可以夾死一隻蚊子，他擔心地看着小嵐和曉星。遼國軍隊向來兇殘，如果被他們攻進城裏，一定會血洗整個大興城。這兩個孩子可不能出事啊！要是有個三長兩短，怎麼對得起馬兄弟呢！

「我們先找地方住下來，然後再作打算。」他作出了決定。

一行人跟着他，去找住宿的客棧。因為賣草藥的錢差不多都用來買了糧食和日用品，身上已經沒剩多少了。只能找一家最便宜的，看能不能住上一兩天。

問了一間又一間客棧，發覺他們剩下的錢根本租不起客房。大家開始有些絕望了，難道要露宿街頭？

「小嵐姑娘！劉兄弟！」忽然聽到有人喊他們。

一看，原來不知不覺又走回了石頭坊。喊他們的正是馮長安，安康中藥店已關剩下一扇小門，馮長安從裏面探出頭來，朝他們招手。

「馮大哥！」曉星噔噔噔跑向馮長安，苦着臉說：「馮大哥，遼人來了，我們回不了家了。」

馮長安摸摸曉星的小腦袋，安慰說：「曉星不用怕，有馮大哥在呢！」

「你們出不了城了，即使能出去也很危險，半路碰到遼賊，那就糟糕了。」說完，他又問劉大勇：「找到地方住了嗎？」

劉大勇苦笑着說：「問了很多間客棧了。我們剩下的錢不多，不夠付租金。我們打算再找找，看有沒有便宜點的。」

馮長安看了看小嵐和曉星，兩個孩子手拉手，臉上一副恐慌的樣子。馮長安眼裏露出憐惜的神情，想了想，對劉大勇說：「這樣吧，我舖子後面有幾個房間，平常是我跟幾個伙計住的，可以騰出一間讓這兩個孩子住。你們四個大人，就住雜物房吧，地上鋪上蓆子就能睡，不知你們會不會嫌棄？」

劉大勇一聽喜出望外：「太好了太好，我們怎會嫌棄。謝謝馮老闆！」

他都已經做好露宿街頭的準備了，天作被蓋地當牀，他們逃難時也不是沒試過，只是擔心兩個孩子不適應。馮長安仗義收留他們，真是感激都來不及呢，哪裏會嫌棄。何況，兩個孩子還可以住客房。

當下劉大勇對馮長安千恩萬謝，小嵐和曉星也由衷地表示感激。人在困境中，有人肯伸出援手，那是多麼

難能可貴！

馮長安讓大家把車子推進舖子裏，又讓一名叫大金的伙計負責安頓客人。

小嵐和曉星被帶到一個小房間裏，房間裏有兩張單人牀。曉星跳上其中一張牀，在上面滾來滾去，開心得暫時忘了即將有遼賊來犯的事。

小嵐可沒他那麼沒心沒肺，她在發愁呢！她很擔心留在山上的父母，還有其他村民。雖然遼賊一般不會打到那座荒涼的山，但是山上的人在等他們買糧食回去呢，沒了糧食，他們會挨餓的。

還有，也不知道要被困在這大興城多久，父母聽到遼人攻打大興城的消息，一定非常非常擔心。

門外傳來一陣一陣很響的腳步聲，像是很多人跑過。小嵐猜，一定是知府調動軍隊往各個城門去，做好守衛城市的準備了。

希望軍隊能守住。

又過了一會兒，聽到城門方向一片嘈雜聲、吆喝聲，屋子裏的人，包括小嵐和曉星都跑出了房間，跑到了舖面大堂。馮長安叫伙計大金出去打聽一下，大金很快回來了，他一臉驚慌：「遼賊大隊人馬來了，東南西

北四個門外都有遼國士兵包圍，聽説有十幾萬遼兵。徐將軍已經帶軍隊上了城頭，嚴陣以待。不過聽説城裏只有三萬多的守軍⋯⋯」

大家面面相覷，三萬守軍跟十幾萬遼兵對峙，兵力太懸殊，大興城危險了。

曉星害怕地抓着馮長安的手，説：「哥哥，遼兵如果殺進來，我們會怎樣？他們會殺人嗎？」

馮長安心想：這還用問嗎？遼兵向來以殘忍出名，如果讓他們攻進城，一定會血洗大興城。不過他不想嚇到曉星，便安慰説：「不要怕。大興城負責帶兵的徐將軍有勇有謀，他帶領的軍隊也很能打，他們一定能擋住入侵的遼賊的。」

「真的？那太好了！」曉星聽了，才放下心來。

馮長安説：「等會吃完晚飯，大家早點休息，好好睡一覺。遼賊剛到，人疲馬倦，不會馬上攻城的，但明天就估計會有一場惡戰了。」

幾名伙計很快把煮好的飯菜擺了一大一小兩張飯桌，馮長安招呼劉大勇，還有小嵐姐弟，跟他一起坐小飯桌。其他人，包括藥舖的伙計，就坐了那張大飯桌。

劉大勇見馮長安又是招呼住又是招呼吃的，很不好

意思。馮長安拍拍他肩膀，爽朗地説：「別跟我客氣。出門靠朋友嘛，能幫就幫。今天我幫了你，説不定明天要你幫我呢！」

劉大勇也是個豪爽人，他朝馮長安拱了拱手説：「大恩不言謝。馮老闆，今後有需要幫忙的，只管找我們！」

馮長安笑道：「好，一言為定！」

大家也不再客氣，拿起筷子吃起飯來。

第十五章
大興城保衞戰

第二天，大興城保衞戰果然打響了。

小嵐是被房間外面緊張的説話聲吵醒的，她翻身起牀，見到曉星也醒了，正愣愣地聽着外面動靜。

曉星從牀上跳下地，拖着鞋踢踢踏踏跑到小嵐身邊，害怕地説：「是不是遼兵攻城了？」

小嵐説：「有可能。我們出去看看。」

小嵐牽着曉星的手，打開房門走了出去。只見舖子打開了一個小門，馮長安和劉大勇等人，都站在門口，焦慮地朝南城門方向張望着、議論着。

「遼賊開始集中兵力攻打南門了。南門就是你們進來的那處城門。」馮長安聽到遠遠傳來的喊殺聲，説。

大家都沒吭聲，心裏挺擔憂的。

馮長安説：「聽聲音一定戰況激烈，士兵死傷難免，等會兒一定會運進傷員，我們大家都出點力，去幫忙吧！現在先準備些藥物和護理用品。」

大家聽了都很贊同。都是大宋人，保衞國土，人人有責。

於是，馮大哥帶着幾個伙計，從倉庫裏把一些有止血、消炎、止痛作用的藥膏全找出來。看看還不夠，又拿出一些有相同作用的中草藥，吩咐大家幫手搗爛，藥膏用完後，這些草藥也可以起作用。另外，又找出幾匹乾淨的布，讓大家撕成一條條，準備用作包紮傷口。

大家正埋頭工作，這時聽到外面傳來一陣陣急促的腳步聲，一個伙計跑出門外看了看，回來說：「是南城門送傷員下來的，往南校場那裏去了。」

馮大哥給小嵐等人解釋說：「南校場平時是用作訓練軍隊的，面積很大。現在應是成了臨時救護點，我們等會就把東西送去那裏，然後在那裏幫忙照顧傷員。」

大家聽了，都加快了手上工作。一個時辰後，草藥都搗好了，布匹也全部撕成長條，馮長安叫伙計推出一輛大板車，大家齊心合力把東西搬上車，然後出發往南校場而去。

留了伙計阿金看守舖子，把曉星也留下了。本來曉星死活要跟着去的，說他也可以照顧傷兵。但劉大勇堅決不讓，不想讓他一個小孩子見到戰爭的殘忍，小嵐也

説他去了反而添亂，硬是把他留在舖子裏，讓阿金把他看好。

到了南校場，只見已搭起了一個個帳篷，不斷有人用擔架把傷兵運來，送進帳篷裏。

一名醫官模樣的人匆匆地走過，馮長安叫住他：「張醫官，我們幫忙來了。」

那位張醫官扭頭一看，馬上露出高興的樣子，說：「是你啊馮老闆！太好了，我正愁人手不夠呢。」

他看看大板車上的東西，問道：「這些是⋯⋯」

馮老闆說：「這是止血消炎的藥粉，還有包紮傷口用的布條。」

張醫官大喜：「你簡直是及時雨啊！遼賊來得突然，我們能用的藥物不多，知府大人正在草擬命令，從各大藥行徵集藥物呢，沒想到你主動送來了。真是太感謝了！」

「國家興亡，匹夫有責。這是我應該做的。」馮老闆說完，指着身後眾人說：「這些兄弟，還有這小姑娘，都是主動來幫忙的，你儘管安排事情給他們做。」

「好好好。」張醫官說：「我知道馮老闆你會一點醫術，你幫着處理傷員的傷口，其他幾位兄弟，幫忙抬

傷兵吧！這位小姑娘……」

　　張醫官看看小嵐，正考慮讓她幹些什麼比較合適，小嵐笑笑說：「我也會點醫術，我跟着馮大哥去給傷兵處理傷口吧！」

　　張醫官很高興：「好啊，我們最缺的就是醫護人手，你能幫忙最好了！」

　　張醫官拿來一些寫着「醫護」兩字的白色袖章，讓他們套在右臂上，這樣他們就可以隨意出入傷兵營帳。

　　大家各自忙起來了。張醫官帶着馮長安和小嵐，走到一個帳篷前，說：「這個帳篷裏是一些傷勢較輕的傷員，交給你們處理吧！」

　　帳篷裏已經躺了幾十個傷兵，都是皮外傷，沒有傷及骨頭，只要傷口止住血，之後不發炎，很快就能痊癒。處理這樣的傷口並不難，小嵐走到一名傷兵面前，熟練地給他消毒傷口。

　　馮長安也開始給一名傷兵洗傷口。他不時扭頭看看小嵐的動作，發現她很得心應手、很熟練的樣子，他不禁問道：「小嵐跟師傅學過醫？」

　　小嵐愣了愣，神情有點茫然，說：「沒有。」

　　「沒有？」馮長安很驚訝，沒學過能做得這麼好？

馮長安家裏幾代經營中草藥舖，為了更方便顧客，他特意跟一名老中醫學過，現在能給一些身體有小毛病的人開些簡單的藥方、處理一些小傷小病。就這樣，他也斷斷續續學了幾年呢！

　　「真的沒有學過。」小嵐聳聳肩：「反正就是有點奇怪，像是腦子裏本來就存在的，很自然就做出來了。」

　　馮長安覺得有點不可思議，心想，大概這就是天才吧。

　　兩人合力忙了半天，終於把帳篷裏幾十名傷兵的傷口處理好了。

　　兩人走出帳篷，看見劉大勇他們幫忙着抬傷兵，忙忙碌碌的。這半天時間，又送來了很多傷兵，校場的帳篷已經使用一半了。

　　「大勇叔，知不知道南門那邊情況怎樣？」小嵐走到大勇叔面前問。

　　大勇叔跟青禾兩人一起抬着一名傷兵，聽到小嵐問，皺了皺眉頭說：「聽傷兵說，南門打得十分激烈，遼賊好幾次從雲梯爬上了城頭，差點被他們衝進城裏。官兵們拚死抵抗，才把他們趕下城頭。現時雙方都有死

傷，但遼賊人多，如果拚數量，我們的軍隊遠不如他們多，情況不樂觀呢！不過聽說已經派人去請救兵了。」

希望在援兵到來之前，能守住城門吧！小嵐心裏暗暗祈求。

這時馮長安聽到喊了她一聲：「小嵐，那邊人手不夠，張醫官讓我們去那裏幫幫忙！」

「好的。」小嵐急忙跟着馮長安，又開始了新一輪緊張的救護工作。

傍晚時，不再有傷兵送來了，因為遼賊停止攻打了，他們在城下紮了營，看樣子是養精蓄銳準備第二天再攻城。

張醫官找到他們，讓他們回家休息，還說希望他們明天再來幫忙，馮長安代表大家一口答應了。其實張醫官即使不說，他們也會再來的。

回中藥店的路上，馮長安提出想去南門看看情況。其他人一聽，都想跟着去，於是一行人往南面而去。

第十六章
小嵐獻計

因為打仗，官府呼籲居民留在家裏不要出來，在街上走動的都是士兵及幫忙運送物資的民工。小嵐一行人很快去到南門城下，剛好一羣士兵正往城門樓上運送守城用的箭矢，馮長安見了，便呼喊大家上前幫忙。

小嵐女孩子力氣小，那些士兵都不讓她搬，她便自個兒蹬蹬蹬跑上了城門樓，站在呈凹凸形的牆垛前，往城外望去。

小嵐馬上嚇了一跳，密密麻麻的，好多遼兵啊！大興城被圍得滴水不漏。見到城外遼兵在忙忙碌碌的，他們運來一車車的攻城器械，其中還有十多台拋石機。看來，他們用雲梯爬上城牆失敗了，就準備改攻城策略，打算用拋石機砸爛城牆，打通進攻的通道。

明天會有一場惡戰了。不知道這城牆能不能頂住拋石機拋來大石的撞擊。

小嵐的目光無意中望向城門樓的另一邊，發現那裏站了一個少年。少年身材挺拔，身穿黑色長袍，腰束一條金色龍紋腰帶，雙手負在身後，在沉思着。

　　側面有點熟悉。小嵐想，在哪裏見過這人？

　　好像覺察到小嵐的凝視，少年轉過頭來。只見他劍眉星目，臉容俊美，一頭黑髮在風中揚起，是一個長得很好看的少年。只是臉色很蒼白，像是身體不好的樣子。

　　小嵐的目光落到少年身上，落到他用布帶掛在胸前的那隻右手上。她一怔，記起來了，他不就是那個受傷的黑衣公子嗎？

　　少年定睛看了小嵐一會兒，好像在確認什麼，遲疑了一下，然後抬腿朝她走來。

　　走到小嵐面前，他先是作了個揖，然後用不確定的語氣問道：「請問姑娘，你到過白雲山嗎？」

　　「嗯。」小嵐點了點頭。

　　少年眼睛一亮，又問：「請問姑娘，你曾在白雲山救過一個受傷的人嗎？」

　　「是。」小嵐又點了點頭。

　　「謝謝姑娘救命之恩！」少年朝小嵐深深地一揖，

然後説：「我就是那個被救的人。」

「舉手之勞，不用謝！」小嵐擺擺手，又指指少年的右肩，問：「你的傷怎樣了？」

「好多了。」少年回答：「大夫説，你那天把傷口處理得很好，所以癒合得很快，再過十來天就會完全好了。請問姑娘大名，來日報恩。」

「我姓馬，名小嵐。舉手之勞，不用報恩。」小嵐説完又問：「你怎麼會在這裏？」

少年説：「我叫趙熙。早前因為朝廷收到消息，遼國有進攻我國邊關的跡象，所以委派我拿着兵符往邊關，調配附近駐軍加強防衛。沒想到有內奸洩密，為了阻止我到邊關調兵，遼人派了一隊殺手潛入，企圖在中途把我殺了。當時敵眾我寡，護送的衞隊死傷慘重，我也受了傷，幸好有你相救。那天兩名下屬帶我離開白雲山後，就來了大興城，因傷勢太重無法騎馬趕去邊關，便在這裏多留了一天。沒想到，遼人已經出動大隊人馬進攻北山邊關，邊關防衛本來就弱，加上遼軍人數眾多，邊關不幸被攻破了。」

趙熙説到這裏，十分難受：「唉，都是我不好，辜負了朝廷的重托。」

小嵐搖搖頭說：「這事不能怪你。沒有人會想到遼國這樣狠毒，竟然派人中途暗殺，令你無法及時到達邊關。」

　　「謝謝你的理解。」趙熙又歎了口氣，說：「現在兵臨城下，大興城也陷入險境。以城中的兵力，遠遠比不上遼兵，城門隨時會被攻陷。如果大興城再失守，遼人就會長驅直入，我大宋國民就會陷入水深火熱中。而最壞的結果，是遼兵殺到京城，如果京城被攻破，那就等於亡國了。」

　　小嵐問：「不是說已經去請救兵了嗎？」

　　趙熙說：「是的。當我知道邊關失守的消息後，便馬上派人拿着兵符去求援了。只是路上需要時間，對方集結軍隊籌備軍糧也需要時間，我估計，援軍最快要六、七天才能來到。但以我們的守城兵力，以寡敵眾，不知能堅持多久。還有令我很擔心的是，這大興城的城牆不夠堅固。」

　　趙熙說到這裏，指指城外那些忙忙碌碌搬運東西的遼國士兵，說：「他們運來了拋石機。大興府城牆這麼單薄，那經得起這些巨石砸啊！恐怕明天，最遲後天，這城牆就會破了。」

小嵐聽了，心裏也挺焦急的。是啊，城牆倒了，大興城就保不住了，她說：「那咱們可以馬上加固城牆。」

　　「官府已經在城裏籌集砂石，準備用來加固了。但是整座大興府的護城牆太長，而我們只有一夜的時間，人手欠缺，材料也遠遠不夠，只能加固一部分地方。」趙熙有點愁眉苦臉的。

　　「唉！」小嵐歎了口氣，這就麻煩了。她彷彿已經見到遼軍攻陷大興城，殺人放火，百姓家破人亡的悲慘情境。

　　不行，大興城決不能落入敵人手裏。

　　小嵐腦子裏突然湧出一個想法，這個想法令她既高興又驚疑。高興的是，如果按這個主意辦，城牆就能加厚了，遼軍拋石機的作用就能大大地減低了，大興城就可以多守住幾天了；驚疑的是自己怎麼會這些，怎麼就突然從腦子裏蹦出來這個想法呢？

　　不過小嵐顧不得多想了，她馬上對趙熙說：「趙公子，我有一個辦法，可以很快加固城牆，而且材料很簡單，到處可以找到……」

　　「啊，什麼辦法？快說！」趙熙激動地問。

小嵐説：「這幾天氣温很低，正是滴水成冰的時節。我們讓人提來水，不斷地往城樓的外牆澆去，水在牆上結成冰。每澆一次水，牆就會加厚一層，不就能讓城牆越來越厚嗎？」

　　趙熙是聰明之人，一聽馬上理解了：「用水澆城牆，水結成冰……啊，太妙了太妙了，這就可以解決城牆牆體薄弱的問題了。而且，材料就是水，而水有的是啊！這方法既簡單，又實用。好，太好了！」

　　趙熙驚喜萬分，他向小嵐深深一揖：「小嵐姑娘，謝謝你，你立下大功了。如果大興城能保得住，我必為你請功。」

　　「國家興亡，匹夫有責。這是我應該做的，不用謝！」小嵐擺擺手説。

　　趙熙聽了，讚賞地點點頭，然後説：「我得去找人布置給城牆澆水的事。小嵐姑娘，這裏危險，遼賊時不時會放冷箭傷人，你還是回家去吧！」

　　小嵐見留在城頭也幫不了什麼忙，便嗯了一聲。想了想她又對趙熙説：「趙大哥，你肩膀的傷不輕，所以都要保重，注意休息。」

　　「謝謝。我會注意的。」

小嵐回到城牆下，見到馮長安和劉大勇他們正好搬完了東西，正在拍着身上的灰。馮長安見到小嵐，便招呼說：「咱們回去吧！早點休息，明天早些去傷兵營幫忙。」

　　一行人便回安康中藥店去了。

第十七章
原來他是二皇子

　　第二天早上，小嵐起了牀，睡眼惺忪地走去店面時，發現馮長安和大勇叔他們已經收拾妥當，準備出門了。

　　「馮大哥，大勇叔，你們怎麼不叫我？」小嵐嘟着嘴埋怨說。

　　馮長安笑着說：「昨天你累了一天，大家都想讓你多睡一會兒。你還是小孩兒呢！」

　　小嵐指指青禾和大壯說：「他們跟我差不多大，他們也是小孩兒啊！」

　　劉大勇笑着說：「小丫頭，別逞能了。他倆是男孩子，身體比你壯實。」

　　小嵐一跺腳：「不嘛，你們稍等，我洗把臉就出來，很快！」

　　「大勇叔他們今天去南城門幫忙，他們要先走。我和你仍然去傷兵營，我等你吧。」馮長安笑着說。他挺

喜歡這倔強又聰明的女孩。

這時候，又有個小孩邁着小短腿跑出來了，他一副不高興的樣子：「你們怎麼又想丟下我。」

馮長安忙哄他說：「曉星啊，外面很亂，我們出去是要幫忙做事的，你就乖乖留在家裏，好不好？」

曉星仗着自己現在是小娃娃，把身子扭得麻花似的：「不好不好，我要去，我要去！」

他昨天在店裏待了一天，跟留下看店的伙計大金大眼瞪小眼的，可把他悶死了。如果馮大哥再不許他跟着去，他就打算躺在地上打滾撒潑了。

小嵐洗好臉匆匆跑了出來，見到曉星那賴皮樣子，眼睛一瞪，說：「少來這一套，再鬧回去告訴爹，打你小屁屁！」

曉星跑過去拉着姐姐的手，一晃一晃的，說：「姐姐、姐姐，讓我去吧讓我去吧，我也要去傷兵營幫忙。」

小嵐拋給他一個白眼：「嗤，你能幹什麼，不添亂就謝天謝地了。」

曉星拍拍小胸脯說：「我可以去給傷員的傷口呼呼啊，呼呼就不痛了。好不好？好不好嘛？」

馮長安心軟，便說：「小嵐，讓他跟着去吧！我覺得曉星挺乖的。」

「就是就是。」曉星努力讓自己笑得一臉純良，就差在上面寫上「我很乖」三個字了。

小嵐朝曉星瞪着眼睛嚇唬道：「到了傷兵營，不許亂跑，不然讓遼兵抓走了，把你賣到遼國，你就見不到爹娘了。」

曉星心想：你真以為我是個小娃娃啊，這樣也能嚇到我？

他嘻皮笑臉地對小嵐說：「嘻嘻嘻，我一定不亂跑，我要做乖寶寶。」

馮長安遞給小嵐一個紙袋子：「熱包子，給你和曉星吃。」

小嵐才想起還沒吃早餐，便道了謝，接過包子，跟曉星邊走邊吃。

南城門的戰事已經打響，已開始有傷員送來傷兵營。傷兵都是被石頭砸傷和被箭射傷的，沒發現有刀傷的。小嵐心內暗忖，一定是潑水成冰加固城牆的方法起作用了，遼兵根本爬不上城頭，所以沒有出現近身搏鬥的情況。

替一名手臂受了箭傷的小兵包紮時，小嵐問起了城門保衛戰的情況。小兵興奮地說：「今天形勢大好呢！不知道是哪位天才出了個主意，用水澆城牆結冰的方法，把城牆加固加厚。結果遼賊的拋石機不管怎樣砸，都無法砸垮城牆。而且，因為外牆結冰，遼賊的雲梯容易打滑，那些遼兵爬着爬着雲梯就往旁邊一歪，連人帶梯掉下去了……所以，遼人用雲梯爬上城頭、殺我們士兵的情況沒有發生……」

小嵐聽了心裏樂開了花，哈哈，我就是那位天才啊！自己獻的計成功了，城門有可能守得住呢！哇，自己好聰明哦，怎會想到這樣的妙計呢？小嵐自己都覺得不可思議。

小嵐替小兵包紮好，又細心地跟他說了有關傷口要注意的事項，這時突然聽到有人喊了一聲：「小嵐！」

小嵐扭頭一看，原來是趙熙。趙熙身後跟着兩個衛士，正是那天在白雲山見過的黑衣人。她笑着說：「趙大哥好！」說完又朝兩名衛士點點頭。

趙熙笑得一臉的燦爛，他說：「我剛從南門過來，小嵐，你的方法很有效，看來能堅持到援兵到來。」

小嵐也很開心：「那就好。」

151

兩人正在說話，張醫官走了過來，他向趙熙行了個禮，叫了聲：「二皇子殿下。」

「二皇子？」小嵐瞪大了眼睛，看着趙熙。

原來這傢伙是皇帝的二兒子。小嵐臉上的笑容頓時不見了。

就是他的父親，讓自己一家人流放，吃盡苦頭的啊！如果不是因禍得福碰到大勇叔他們，可能自己一家已經到了邊關，在今次遼人的進犯中死於非命了呢！

「張醫官，你們聊吧，我去幫忙馮大哥。」小嵐轉身就走了。

趙熙不知小嵐為什麼聽到他是二皇子後，就一臉的不高興，心想該不是怪他隱瞞身分吧？

趙熙很想追上去問問，但又擔心昨天守城戰中受傷的徐將軍，急於知道他的情況，便忍住了。趙熙對張醫官說：「徐將軍現在情況怎樣？」

張醫官神情很是難過：「徐將軍情況不大好。他腹部受到重擊，雖然沒有表面傷口，但顯然受了嚴重內傷。但以我們現時的能力，只能醫治外傷……徐將軍情況越來越差，看樣子只能再熬一天兩天了。」

徐將軍是大興城守軍的最高將領，在昨天激烈的守

城戰中，他身先士卒，與衝上城頭的遼軍博鬥，被敵人的武器重擊。趙熙心情很沉重，他無法接受這樣一位英勇的將軍因傷重而死去。

「帶我去看看徐將軍。」趙熙對張醫官説。

張醫官把趙熙帶進了一個帳篷，咦，怎麼有個小娃娃？

那小娃娃當然是曉星了，他正鼓着兩腮，給一個傷員吹傷口呢！那個傷員頭部受傷，腦袋纏了一圈紗布。手臂也擦破皮了，塗了藥膏，但沒有包紮，曉星正站在牀邊，給他手臂上的傷口呼呼吹氣。

傷員見到這麼可愛的小娃娃，給自己的傷口呼呼，不知是心理作用還是真有效，他感到之前擦得血肉模糊的地方竟然真的不痛了。他伸出一隻手，笑容滿面地摸着曉星的小腦袋。

「你是哪家的小孩？怎麼跑這裏來了？」張醫官驚訝地問道。

曉星扭過頭，剛要回答，但他眼睛突然睜大了——因為他看見了趙熙！

「你、你不是在白雲山上……」曉星驚喜地説。

趙熙也認出曉星來了，他説：「對，我就是白雲山

上被你們姐弟救了的人。」

「哈哈哈，真巧啊！」曉星跑到趙熙面前，高興得一跳一跳的。

趙熙蹲下，使勁摟了曉星一下，說：「謝謝你，謝謝你和姐姐救了我的命。你叫什麼名字？」

曉星笑嘻嘻地說：「哥哥，我叫曉星。我姐姐也在這裏呢，我帶你去找她。」

趙熙說：「我已經見過她了。」

曉星「哦」了一聲，問道：「哥哥，你是來這裏探病的嗎？」

趙熙點點頭：「是的。我來看徐將軍的。」

曉星說：「哇，是那個守城門的大將軍嗎？我跟你一塊去看他。」

他又扭頭對剛才給呼呼的那個傷員說：「我先去看別的叔叔，你要好好的啊，我回頭再給你呼呼。」

傷員笑着點點頭。

第十八章
做張醫官的師傅

徐將軍大約四十歲，這時他雙目緊閉、面如白紙，已陷入昏迷了。

趙熙見到這情形，心裏很難過，他問張醫官：「真的沒辦法救他了？」

張醫官搖頭歎息：「除非華佗再世吧。徐將軍很明顯是內臟受損，用藥物是治不好的。聽聞華佗有一種絕技，能剖腹修復內臟，可惜這門絕技沒有流傳下來。」

曉星聽了，晃了晃趙熙的手：「哥哥，這個手術可能姐姐會做。」

萬卡哥哥教了小嵐很多醫術，其中就包括做手術。小嵐既然記得給人治病、記得各種草藥，那說不定會記得動手術呢！

趙熙眼睛一下睜大了，他瞪着曉星：「曉星，你說小嵐懂得剖腹術？」

曉星點頭：「嗯。」

張醫官在旁邊也聽到了，他滿臉的不相信，心想：你這小娃娃，別胡說八道好不好！

趙熙倒覺得曉星不像是那種喜歡胡說八道的孩子，他回頭看向身後的黑衣侍衛，說：「快去找小嵐姑娘，把她請來這裏。」

「是！」侍衛急忙跑出帳篷。

小嵐很快來了，趙熙着急地問她：「曉星說你懂得剖腹術？是嗎？」

小嵐一聽，腦子裏馬上湧現出做手術的畫面……咦，自己好像真的會啊！她下意識地朝趙熙點點頭。

曉星扯扯她的衣袖，說：「姐姐，要開刀。姐姐，你救救他吧！」

趙熙大喜：「徐將軍腹部受了內傷，情況很危險，唯一的辦法就是開腹修復內臟，你能救他嗎？」

「慢着！」小嵐剛要回應趙熙，卻被張醫官打斷了。

張醫官曾在御醫院工作過，是大宋一位知名的大夫，他對國內的醫療狀況十分了解，但從來沒聽過國內有人會做開腹手術，更別說是一個十來歲的小姑娘了。

他要對自己的病人負責任，這動刀動剪的開腹手術

充滿風險，一不小心病人就會死在手術牀上，他不得不慎重對待。他對小嵐說：「小嵐姑娘，請問你是跟哪位師傅學的剖腹術？」

「我……」小嵐一愣，並沒有人教過自己，但為什麼腦海裏就是裝着這剖腹術，就是覺得自己會呢！

小嵐很明顯已經恢復了另一個時空的部分記憶，但並不包括萬卡的那部分，所以搞不清自己究竟是從哪裏學的醫術。

見到小嵐發愣，張醫官就更加有顧慮了。他馬上說：「小嵐姑娘，你敢保證能救到徐將軍嗎？」

張醫官對小嵐有質疑，但趙熙卻不會。說起來，他跟小嵐接觸並不多，但不知為什麼，他就是相信小嵐。一個原因是大興城的大夫替他換藥時，告訴他最早給他處理傷口的人醫術十分高明；另外的原因是因為小嵐「澆水成冰、加固城牆」的建議為守城作出了重大貢獻。趙熙總覺得小嵐是一個能創造奇跡的人。

趙熙正想說服張醫官，這時小嵐卻說話了：「張醫官，我不敢作什麼保證，因為任何手術都會有風險，即使華佗再世也一樣。但我可以說，我懂得做剖腹手術，我會盡全力去挽救徐將軍的生命。」

小嵐的話讓張醫官態度有所緩和，但他仍然沒鬆口，這不是簡單的看病診治啊，這是動刀子的事，是做一件這年代沒有人做過的事，他不能不慎重。他說：「我還是覺得……」

　　趙熙打斷了張醫官的話，他說：「張醫官。如果什麼也不做，那徐將軍就只有一個結果──死亡。但如果動刀，就有兩種結果：失敗──徐將軍死亡，或者成功──徐將軍活了下來。那為什麼不賭一把呢？我同意讓小嵐做剖腹術。」

　　「這……唉……」張醫官歎了口氣。二皇子都同意了，自己也只能聽從了。

　　小嵐說：「張醫官，你放心吧！我會很慎重地對待這次手術的。我有『麻沸散』的方子，徐將軍服用後，過程中就不會感到痛楚。」

　　「啊，你有麻沸散的方子？！」張醫官聽了大吃一驚。

　　傳說麻沸散是華佗發明的，只是失傳了。張醫官曾經在一本殘缺不全的古籍中，得知麻沸散的其中兩味中藥材，當時還很惋惜，歎息方子的不完整。萬萬沒有想到，這小姑娘說她知道方子。

「你説的是真的嗎？你真有麻沸散的方子？！」張醫官又追問了一句。

小嵐點點頭，很肯定地説：「有。我這就把方子寫給你，你找齊這幾種草藥，熬好後給徐將軍喝下，他就會馬上進入麻醉狀態，手術過程中他是不會感到一點痛楚的。」

「好好好，你趕快寫給我。」張醫官高興得手在發抖。

戰爭中，大夫常常要治療各種刀傷、箭傷，張醫官很清楚麻沸散的作用。有了麻沸散，受傷士兵接受治療時，就可以減少許多痛苦了。

小嵐「刷刷刷」，很快寫出方子，交給張醫官。張醫官接過一看，首先發現上面有他從古籍中見過的兩味藥材，已經信了幾分；再看另外四味藥材，想到這些藥的作用，又再信了幾分，他決定相信小嵐了。

他馬上安排人撿藥、熬藥去了。又按小嵐的吩咐，準備一個單獨的帳篷、準備用具，並按小嵐的要求進行消毒。

藥煎好，給徐將軍喝下，原先在昏迷中不時説糊話、不時抽搐一下的徐將軍沉沉地睡過去了。小嵐看麻

沸散已經起了作用，便開始動手術。張醫官留下來給小嵐當助手，準備從中好好學習。

手術過程中，張醫官目睹前所未見的剖腹手術，既震驚，又佩服。直到小嵐縫好傷口，張醫官因為震撼而張大的嘴巴仍然未合上。

兩人走出帳篷，見到一直守候在外面的趙熙，張醫官滿面笑容說：「二皇子，成功了。服了、我服了，小嵐姑娘，了不起、了不起！」

趙熙微笑着點點頭，他一點也不意外，好像知道一定會成功似的。他對小嵐說：「小嵐，謝謝你。」

小嵐鼻子哼了哼，然後自顧自去洗手及清潔衣服上的血跡。趙熙心裏挺憋屈的，自己沒得罪她啊，這小姑娘好奇怪。

這時張醫官對小嵐深深一鞠躬，說：「小嵐姑娘，我想學這剖腹術，你能否做我師傅？」

小嵐嚇了一跳，趕緊避開，她可不敢領這樣的大禮啊！張醫官是一位德高望重的大夫呢！她說：「張醫官，做師傅不敢當，我可以把自己會的教給您。」

「好，太好了！」張醫官高興極了。

第十九章
來一次「孔明借箭」

　　大興城保衛戰還在繼續，守城士兵擊退了敵人一次又一次的進攻。士兵不怕流血犧牲守住城門，而城內百姓就在後方幫忙運送武器物資、救護傷員。大家都很有信心能守到援兵到來。

　　小嵐仍然在傷兵營忙碌着，她給重傷的官兵動手術，救了不少人。曉星也在傷兵營忙碌着，他一天到晚給傷員們呼呼，給傷員們帶來了很多溫暖。大家都很喜歡這對姐弟。

　　令人高興的是徐將軍手術後情況良好，已經沒有生命危險了。他沒有再發燒，人也清醒了，也能吃點東西。這讓張醫官萬分高興，對小嵐佩服得五體投地。他也很努力的跟着小嵐學做手術，學得很快、很好。

　　遼軍發起了一輪又一輪的進攻，他們不斷地拋擲巨石，不斷地把雨一樣密集的箭射往城頭，大興城保衛戰在艱難地進行着。徐將軍傷勢未痊癒，而接替他擔任守

城指揮官的楊將軍又不幸受傷被送去傷兵營了，趙熙不顧手臂傷口未好，上了城頭指揮守城。

雖然小嵐的「澆水成冰」很成功，遼兵的拋石機無法摧垮城牆，遼兵也一直無法再爬上城頭。但是，因為遼兵人多，而守城士兵則因為受傷不斷減少，所以情況還是不樂觀，只寄望增援隊伍能儘快來到。

這天下午，街上的氣氛突然變得緊張，見到一大隊人推着車子自南城門跑來，經過傷兵營，又在一個三岔路口分頭而去。沉重的腳步聲、零亂的車轆聲，令聽見的每一個人都心情緊張。

「快，快走！」指揮官在喊。

小嵐朝南城門那邊看了看，心裏有點擔心，究竟發生了什麼事？

又一批傷員送來了，小嵐趕緊跑去幫忙，曉星也用他的小短腿跟前跟後的。小嵐為一名頭部受傷的傷員洗傷口時，忍不住問：「南門守衛情況怎樣了，能守住吧？」

傷員是個十七、八歲的少年，他是被遼軍拋石機拋來的大石碎塊砸傷的。他咬着牙忍受着疼痛說：「遼軍已經找到了緩和雲梯打滑的辦法，讓部分遼兵爬上了城

頭，好幾次近身搏鬥，造成死傷。所以我們要射出更多更密集的箭，才能阻擋他們接近城樓爬上來。但這也造成了箭的消耗嚴重，聽說已經剩下不多了，二皇子殿下正發愁呢！看見剛才跑過的隊伍沒有？那就是二皇子派出搬運石頭的，他打算當箭矢用盡時，就擲石頭阻撓敵軍。」

「沒箭了嗎？」站一旁的曉星大眼睛亮晶晶的：「這算什麼難事？太容易解決了！」

小嵐嗖地看向他，兩姐弟心意相通，異口同聲地說：「孔明借箭！」

「耶！」兩隻小手拍在一起。

受傷小兵大概沒讀過《三國志》，傻呼呼地問：「什麼，找孔明借箭？孔明是誰？」

「孔明嘛，他就是幫助我們得到箭的人！」小嵐胡亂應了一句，就叫曉星趕緊去南城門找趙熙。醫護人手短缺，她走不開。

曉星的小短腿走得慢，所以小嵐叫劉大勇用運送傷員的推車推他去南城門。

劉大勇也很忙，他把曉星送到南城門，交給趙熙，就又忙去了。趙熙見了曉星有點着急：「小傢伙，你跑

來幹什麼？這裏太危險了，城牆之外就是遼兵。」

曉星說：「我獻計來了，幫你解決箭矢不足的問題。」

「啊！」趙熙正頭痛箭快用完了呢，聽到曉星有辦法，大喜。

「我和姐姐一塊想出來的。」小短腿很大方，沒忘了分一半功勞給姐姐：「箭不夠，找遼兵要。哥哥，你可以照着正常人的身高大小，製作一些稻草人，做好後，給稻草人套上我們士兵的衣服，放在城頭顯眼的、容易被射中的地方。遼兵遠遠的見了，會以為是真人，他們就會拚命朝稻草人射箭……」

「我明白了，學習孔明借箭！」趙熙一聽就已經明白，他高興地把曉星一把抱起，大聲說：「遼兵的箭其實全射到稻草人身上了，我們把箭拔下來，就是一枝完好的箭，成為我們的武器。哈哈哈，箭不夠，找遼兵要，這計謀太妙了。我怎麼就沒想到呢！曉星，你們姐弟倆太聰明了！」

他把曉星放下，說：「這回我們就肯定能等到援兵到來了。回去告訴你姐姐，說我趙熙代表全城百姓、代表朝廷謝謝她。是她用兩條妙計保住了大興城，保住大

宋的江山。」

曉星嘴扁了扁，委屈地說：「那我呢？你怎麼不謝謝我？」

「哦，對對對，還有謝謝曉星。」趙熙笑着說。其實他心裏想，這方法肯定是小嵐想的，曉星嘛，頂多想了一點點，才五歲的小屁孩，能有這智慧嗎？

他哪知道曉星是小娃娃的外殼，智慧少年的內裏啊！

趙熙派身邊一名侍衛把曉星送回傷兵營，而他就馬上去布置做稻草人。幸好城中稻草有的是，他發動老百姓參與，很快就做出了第一批稻草人。

仿效諸葛孔明的「草船借箭」果然厲害啊！那些稻草人一放到城頭上，就招來遼兵一輪猛射，箭矢「嗖嗖嗖」地射入稻草中，每個稻草人身上瞬間就插滿了箭。

每當一個稻草人身上插滿了箭，守城的士兵就趕緊取下來，換上一個新的稻草人。城裏城外都發出一陣陣歡呼聲：城裏的人因為收獲了大量的箭，不愁沒箭用了；而城外的遼兵傻呼呼的，還以為射死了一批又一批大興士兵。

就這樣，守城的士兵用遼軍的箭，擊退了遼軍一次

又一次的進攻，用勇敢和智慧，保衛國家河山、大好家園。

當嗚嗚嗚的大宋援兵的軍號聲在城外響起時，堅守了許多個日日夜夜的大興軍民，都激動地歡呼起來：「援兵來了，援兵來了！」

「衝啊！」緊閉多時的大興城門打開了，趙熙用他那隻沒受傷的手，拿着一把劍，領着城裏軍隊衝了出去，和城外援軍一齊夾攻遼國來犯敵人，打了一場大勝仗，把侵略者打得落花流水，俘虜敵兵無數。

勝利了！人們歡呼着、吶喊着、擁抱着，歡慶他們的勝利。老百姓流着眼淚，把最好的食物、最好的酒，送給大興士兵，謝謝這些勇敢的軍人保護了他們的家園。

援軍在大興城休整了一天，便又起程了，他們要前往邊關，趕跑侵略者，收復北山關。

第二十章
我要做緹縈

馬蹄聲「噠噠」響，一隊人馬從大興城南門走了出來，朝白雲山方向走去。那是趙熙和他的衛隊，在護送小嵐姐弟、劉大勇等人回家。

一路上小嵐他們都挺心急的，想快點回到白雲山。離開這麼多天，又遇上遼國軍隊入侵，山上的親人肯定擔心死了。

本來趙熙安排了一輛馬車，讓小嵐和曉星兩人乘坐的，但無奈曉星那傢伙不安分啊，他要騎馬。但是他那小短腿怎麼能騎馬呢？所以趙熙只好讓他跟一個侍衛騎一匹馬，侍衛把他放到自己前面，一手摟着他，一手操縱韁繩。

這傢伙還真以為自己能騎馬呢，不時朝大白馬發出「駕！駕！」的叫喊聲。

趙熙策馬走在小嵐坐的馬車旁，一邊走一邊跟她說話。一開始小嵐還是冷冷淡淡、不瞅不睬的——她氣趙

熙他爹啊，弄得她一家要流放這麼慘。

　　不過趙熙這人臉皮也真有點厚，不管小嵐怎麼給臉色他看，他還是不停地逗小嵐説話，弄得小嵐也不好意思再生氣了。説到底，也不是趙熙的錯，不該把氣發在他身上的。

　　趙熙見到小嵐臉色有所緩和，心情大好，便對小嵐説：「小嵐，其實我很慶幸能遇見你。第一次遇見，你救了我；第二次遇見，你又幫我保住了大興城……」

　　小嵐白了他一眼，説：「其實，在白雲山之前，你已經見過我的。」

　　「是嗎？」趙熙睜大了眼睛，一臉的迷惘：「見過嗎？我怎麼沒印象？」

　　小嵐哼了哼，説：「還記得那個坐在路邊的、被你鄙視的女孩嗎？」

　　趙熙想啊想的，終於想起不久前帶着下屬去辦事，路上見到的那個女孩：「哦，你是指那個披頭散髮、髒兮兮的醜女？」

　　「你你你你你……」小嵐氣得直跺腳：「什麼醜女？那是我！」

　　「啊！」趙熙大吃一驚：「怎麼可能？！」

趙熙眼睛睜得圓溜溜的，眼前小仙女一樣美麗的女孩，怎會是那個又髒又瘦的傢伙！

「哼！」小嵐把車簾一甩，決定不理這個沒眼力的臭皇子。

「不可能啊！那個髒女孩怎麼可能是你……」好不容易小嵐理睬自己了，但又一下子打回原形。趙熙好苦惱。

見到小嵐一直不打開車簾，趙熙決定換一個小嵐感興趣的話題：「小嵐啊，你這次立下了天大的功勞，我已經寫信告訴父皇，為你請功。在朝廷獎勵下來之前，我可以先為你實現一個願望。」

車簾「嘩啦」一下被拉開了，小嵐說：「真的？你可要說話算數！」

「算數，一定算數。你儘管說出來，我肯定讓你實現。」趙熙一臉討好地說。

小嵐想也沒想，說：「好啊！我的願望是，能讓白雲山上難民村一百多個難民有個身分，成為大興城居民。」

大勇叔他們原來的家已經被大水沖毀了，他們已經沒有回頭路可走。雖然在白雲山難民村也算是安了家，

但沒有登記戶籍始終是個大問題，很多地方不能去，很多事情也做不了。如果讓官府發現了，還有可能被當作山賊圍剿。

「沒問題！」趙熙拍拍胸口說。

其實這事還是有難度的，給一兩個人身分不是問題，但給一百多人就問題大了。但是，因為這個要求是小嵐提出來的，再難趙熙也得想辦法給她辦成。

「謝謝啦！」小嵐很高興，也不再計較趙熙之前的得罪了。

趙熙等人一直把小嵐他們送到白雲山腳下。趙熙對小嵐說：「我還得趕去邊關處理一些事情，所以不送你上山了。有關給予劉大叔等人身分的事，我會留一個下屬為你們辦理，等下他會跟着你們上山，登記難民村村民的名字及有關資料，然後他會去幫你們辦理戶籍登記。還有，你的功勞我已上報朝廷，很快父皇會下旨嘉獎你的。」

小嵐對於嘉獎興趣不是很大，反而難民村的人能拿到身分才是重要的。聽到趙熙會派人幫忙辦理，不禁滿意地點了點頭。

趙熙趕去邊關了，小嵐一行人急忙往山上走。劉大

170

勇他們雖然推着裝滿東西的手推車，但也健步如飛，大家都想早點見到山上的親人。

眼看難民村已在望了，眼尖的曉星突然指着前面，大聲喊道：「爹爹！娘！」

大家一看村口站着兩個人，一動不動的站着，看着上山的那條小路。這時，他們顯然已經聽到了曉星的喊聲，看見了上山的人，兩人又驚又喜，跌跌撞撞地往下跑，邊跑邊喊：「曉星、小嵐，是你們嗎？」

這兩個人正是馬仲元和趙敏夫婦，自從聽到大興城被遼軍包圍之後，兩夫婦就像丟了魂似的，每天一有空就跑到村口，盼着兒女平安回來。

曉星從馬背上跳下地，邁着小短腿拚命往上跑：「爹！娘！」

小嵐也跟着跑，帶着哭腔叫着：「爹，娘，我們回來了！」

這時馬仲元夫婦已跑到跟前，一家四口抱在一起，激動萬分。小嵐哭了、曉星哭了、趙敏也哭了，馬仲元也禁不住熱淚盈腔，哽咽着說：「好孩子，終於把你們盼回來了！」

這時，難民村的人也發現了動靜，都跑來了。見到

一行人平安歸來，大家都開心極了。

青苗扶着桃花嬸，也走來了，看到劉大勇和青禾，禁不住大哭起來。青苗抽泣着說：「爹、哥哥，娘盼你們回來，天天都哭啊哭的。」

劉大勇安撫好妻子和女兒，然後對大家說：「好了好了，大興城沒被遼人攻破，我們也平安歸來了，咱今後好好過日子。現在有一件大喜事要告訴大家，咱們聰明的小嵐姑娘，還有曉星小弟弟，在守城最艱難的時候，獻了兩條計策，對守住城門起了很大作用。二皇子殿下答應實現小嵐姑娘一個願望，小嵐姑娘為我們爭取到了合法的身分，我們很快就可以自由進出大興城，不用再躲在白雲山過一輩子了。」

「啊，真的？！」

「真是太好了，我們以後不怕沒身分被官府抓了！」

「真得好好謝謝小嵐和曉星啊！」

「那以後我們可以隨便去大興城了，是不是？」

「不止，我們去大興城住、甚至去大興城工作也都可以呢！」

「謝天謝地，謝謝小嵐和曉星！」

所有人都很激動，大家紛紛向小嵐一家表示感謝，許多人還開心得哭了起來。

　　劉大勇指着一個中年人，說：「這是二皇子派來幫我們的王大哥。大家抓緊時間，每戶派一個人，來王大哥這裏排隊，把家裏人的姓名、年齡告訴王大哥。」

　　「好啊好啊！」大家興高采烈地、熱熱鬧鬧地，在那中年人面前排了一條長龍。

　　幾天後，王大哥便辦好戶籍登記，從此，村民們不再是無處安身的難民了。他們有了大興城居民的身分，不管是住在城裏或是城外，都是合法的。將來，他們的孩子識了字，有了學問，也可以去考秀才、考狀元，可以有遠大的前程。如果大興城裏有老闆聘請他們，他們也可以去城裏工作了。

　　當然，暫時他們是不會離開白雲山的，他們對這裏有了感情。他們只是把難民村改名為「彩虹村」，名字是馬仲元給起的，意思是村民們今後的日子會絢麗多彩、幸福吉祥，就像七色彩虹一樣美。

　　彩虹村的每一天都生機勃勃、充滿希望。每天，在小孩子們琅琅讀書聲中，大人們上山採藥、摘蘑菇，用勤勞的雙手，掙錢買食物和日用品，建造美好家園。

有一天，小嵐正在協助父親教小朋友識字，曉星也在幫忙，突然青禾氣呼喘喘地跑來，説：「小……小嵐，快……快去村口接旨，皇上聖旨到，給你的……聖旨。噢，也有曉星，你們……一塊去接。」

　　「聖旨？」雖然之前趙熙已經給她説了請功的事，但聖旨真正來了，她還是有點發怔。

　　「耶！」曉星呲着小白牙，邁着小短腿早跑走了。

　　「小嵐，去吧！」馬仲元喊了一聲。

　　「好。」小嵐拔腿就跑。

　　正在上課的小孩子聽到有聖旨到，個個都坐不住了，都站了起來，看着馬仲元，他們想去看熱鬧呢！

　　馬仲元揮揮手：「去吧去吧！」

　　話音未落，課室裏就空了，小傢伙們風一般地跑走了。

　　村口，一名四、五十歲的官員，打開明黃色的聖旨，對跪在地上的小嵐、曉星，以及彩虹村的村民們宣讀。聖旨是用文言文寫成的，很多村民都聽不懂，還是馬仲元聽了之後告訴他們內容：皇帝表揚了小嵐和曉星，表揚他們在保衞大興城立下功勞。皇帝召小嵐上京，當面給她封賞。

彩虹村沸騰了——皇帝召見，這對於一個平民百姓來說，是天大的榮譽啊！

純樸的村民們，都衷心地因小嵐而感到驕傲，為小嵐一家感到高興。

馬仲元和趙敏對望一眼，心情十分複雜。他們並不想女兒去見皇帝，一想起這皇帝聽信奸臣的話，不分青紅皂白把他們一家趕出京城，兩人心裏就感到憤怒。

他們已經喜歡上了這裏純樸的人，他們希望隱姓埋名，永遠留在這裏。而小嵐見皇帝，很有可能會暴露身分，到時凶吉難料。他們仍然是流放犯身分，儘管是因為被難民擄上了白雲山，但如果朝廷想追究的話，仍能以犯人潛逃的罪名抓捕，到時罪加一等，更加麻煩。

但皇帝宣召，小嵐不能違旨；加上要即時上路，又有皇帝派來的人在，馬仲元夫婦連叮囑些什麼都沒有辦法。只好百般無奈地看着小嵐上了馬車，心裏只希望小嵐能聰明應對，平安歸來。

他們根本不知道小嵐這時在想些什麼，如果知道，他們一定會嚇壞了。小嵐在躍躍欲試，有一件事她想做很久了，但一直沒有機會，現在機會終於來了！

其實曉星心裏和小嵐想到一塊去了。衝着馬車行走

時帶起的滾滾灰塵，曉星邁着小短腿拚命追着，邊追邊喊：「姐姐，你記得緹縈嗎？姐姐，記住緹縈做過的事！」

小嵐從馬車的窗口伸出一隻手，做了個「ＯＫ」的手勢。

她當然記得緹縈。緹縈是漢朝一個少女，她父親被人誣陷，被押送去京城，要受可怕的肉刑。緹縈勇敢地陪着父親上京，她寫了封信給皇帝，為父親申冤，並陳說肉刑的殘忍和可怕，讓許多有意悔過自新的人失去改過的機會。漢文帝看了緹縈的信後，深深感觸，為這個少女的勇氣和孝心感動；又覺得信中説的非常有道理，於是赦免了緹縈的父親，還修改了刑法，廢除了肉刑。

其實不用曉星提醒，小嵐已經拿定主意，準備利用跟皇帝見面的機會，替父親伸冤。她不求獎賞，也不要什麼榮華富貴，她只求皇帝替父親平反昭雪，讓父親不用再隱姓埋名，可以清清白白地做人。

她沒有父母想得那麼複雜，她信心滿滿的，覺得自己一定能做到！

第二十一章

你這個糊塗皇帝

一路風塵僕僕的，小嵐到達了京城。她被安排先休息一晚，第二天一大早，傳旨的那名官員就來接她進宮了。

「馬小嵐到！」

「馬小嵐到！」

「馬小嵐到！」

小嵐站在離金鑾殿遠遠的地方，聽着一聲接一聲的通傳。

不一會兒，又聽到一聲接一聲的聲音由遠而近。

「宣馬小嵐……」

「宣馬小嵐……」

「宣馬小嵐……」

一名太監跑出來，對小嵐說：「跟我來。」

小嵐默默地跟着太監，走完了那條長長的通道，終於踏進了那座金碧輝煌的金鑾殿。

兩旁站滿了大臣，前面正中幾級台階之上，宋太宗趙光義端端正正地坐在龍椅上。

　　「民女馬小嵐，叩見皇帝陛下。」見皇帝是要跪拜的，所以雖然小嵐對皇帝很生氣，但也只能向他跪下叩頭。

　　「平身！」聽聲音還滿溫和的。

　　小嵐站了起來，低着頭。按規矩，叩見皇帝時，除非皇帝准許，否則是不能抬頭看皇帝的，那是對皇帝的不尊敬。

　　不過對小嵐來說，她這時不看皇帝，更大的原因是她怕抑制不了滿眼的憤怒。

　　「抬起頭來。」宋太宗說。

　　偏偏皇帝還讓她抬頭了。抬就抬！

　　小嵐馬上抬起頭，死死盯着那個把她一家害慘了的皇帝。一般人見了皇帝，都十分害怕，有些還會腿軟、發抖，兩旁的大臣見小嵐這樣子睜圓了眼睛，心想：沒見過這樣大膽的人，還是個小女孩呢！

　　趙光義也看着小嵐，他第一個念頭是：好一個美麗的小女孩；第二個念頭是，這女孩的眼神也太厲害了吧，盯得他心裏有點發麻。

之前讀二皇子送回來的奏折，看到澆水成冰護城牆，以及草人借箭的妙計，趙光義不禁拍案叫絕，心裏對獻計的聰明小女孩大為好奇，所以特地讓人把她帶來京城見一見。要是別人這樣肆無忌憚地盯着他，他早就大發雷霆，叫人拉下去斬了。但對這樣美麗又聰明的小女孩，他的容忍度也會放寬的，而且，這孩子還救過他兒子呢！

他有點尷尬地清了清嗓子，説：「馬小嵐，你先是救了朕的皇兒，後又獻計守城，立下大功。朕叫你來京城，是想當面問問，你希望朕給你什麼獎賞？」

小嵐毫不猶豫地回答説：「皇上，民女希望您重審戶部侍郎馬仲元一案，還他一個清白。」

「你説什麼？」宋太宗好像沒聽清楚。因為他沒想到會聽見這樣的回答。

按道理不是應該這樣的嗎——我想要錢，或者我想要做官，又或者我想皇帝賜給我一幢漂亮的大房子。

小嵐很堅定地、一點不含糊地重複了一遍：「皇帝陛下，民女希望您重審馬仲元一案，還他一個清白。因為他是被冤枉的。」

宋太宗這回聽明白了，小姑娘不要獎賞，而是要求

他給一個叫馬仲元的人平反。

「馬仲元？」宋太宗想了半天，才想起來：「哦，戶部侍郎馬仲元。你是他的什麼人？」

馬小嵐大聲說：「我是馬仲元的女兒。」

「你是馬仲元的女兒？你們全家不是被判流放邊關嗎？」宋太宗有點想不明白：「刑部尚書在哪裏？怎麼回事？」

一個五十歲上下的大臣出列，奏道：「皇上，早前負責押送馬仲元一家的解差吳仁來報，說是押送時半路遇到強盜打劫，馬仲元一家因此失蹤了。」

這時又有一個大胖子出列奏道：「皇上，請你馬上把這個罪犯女兒捉拿。馬仲元一定是趁着盜賊打劫，畏罪潛逃。沒想到這罪人賊心不息，竟然指使家人前來胡說八道。請皇上馬上扣住這個丫頭，然後派兵捉拿馬仲元歸案。」

這時又有一名大臣出列，說：「皇上，我覺得趙永的話太過武斷，應該給這小姑娘一個機會，聽聽她怎麼說。」

「趙永？」馬小嵐一聽怒火衝天，原來這胖子就是貪污糧食，之後又反咬父親一口的皇親國戚趙永。

小嵐忍不住指着趙永說：「就是他，他就是真正的貪污犯，貪污了救濟糧，又誣蔑我父親的大壞蛋！」

趙永心中有鬼，嚇得臉色發青，他瞪着小嵐：「你你你，你瘋了，竟敢中傷大宋官員。皇上，快把她抓進天牢，不可以放過她。」

宋太宗看看這個，又看看那個，頓時覺得頭大。但趙永是他親戚，又不好責罵，只好喝住小嵐：「你住嘴！大殿之上，不許放肆。」

小嵐氣壞了，她什麼都不顧了，憤怒地對宋太宗說：「想不到你是這樣糊塗的皇帝！之前不分是非黑白冤枉好人，現在又不顧事實，容忍壞人繼續作惡，我鄙視你！」

「你你你你你……」宋太宗氣得快要昏倒了，從來都沒有人敢這樣罵他的，他用顫抖的手指着小嵐，大喊：「來人，抓住她，關進天牢！」

趙永摸着下巴的鬍子，嘿嘿奸笑。死丫頭，敢跟我鬥？！這回我要斬草除根，讓你一家從世界上消失。

「放開我！放開我！」小嵐掙扎着，但畢竟人小力微，她被帶到了天牢，關起來了。

唉，怎麼辦呢？自己死了不要緊，但父親的冤案就

永遠不能昭雪了。小嵐懊惱地想啊想的，但又想不出辦法。

當天深夜，天牢裏的獄卒突然聞到一陣淡淡的香味，還沒意識到這是迷香的氣味，就全都陷入了昏睡中。一個蒙面人悄悄走了進來，徑直向小嵐的牢房走去。他掏出一條鐵枝，對着牢房的鐵鎖捅了幾捅，鎖就開了。蒙面人走進牢房，看了看蜷縮在角落裏睡覺的小嵐，發出一聲怪笑——原來這人是趙永派來殺人滅口的殺手！蒙面人從靴子裏拿出一把短刀，高高舉起，就要捅向小嵐：小嵐眼看性命難保了！

正在危急關頭，有黑衣人從後面用手劈向蒙面人的後頸，蒙面人身子一軟，癱倒地上。黑衣人從口袋裏掏出一張紙條，塞在小嵐手裏，然後把蒙面人往肩上一扛，就走了。

小嵐根本不知道，她在生死線上走了一趟。有人來殺她，但又有人來救了她。她只知道發生了一件奇怪的事，就是半夜醒來時，發現手裏多了一張小紙條，紙條上寫着：放心，有我！

並沒有署名。是誰寫的？是什麼時候出現在自己手裏的？小嵐心裏打了幾個問號。難道是趙熙？不會！因

為趙熙說他要去邊關，起碼半個月才能回京城的。

不過，小嵐是個樂天派啊，雖然想不明白，但她還真的放下心了。她相信這世上有好人，相信正義最終會戰勝邪惡。

她又安心地睡了。好好睡、好好吃，不能讓爹和娘，還有弟弟擔心自己哦。

第二十二章
笨笨豬，你聽我說

　　小嵐就抱着這樣的樂觀心態，在天牢裏過了兩天。到了第三天，有獄卒來打開牢門，喊道：「小姑娘，你可以走了！」

　　小嵐哎了一聲，跳起來走出了牢房。獄卒看着她心裏挺奇怪的，這小姑娘怎麼跟別人不一樣呢！別的犯人被釋放，都驚喜若狂，甚至痛哭流涕，還沒見過這樣平靜的。

　　小嵐走出天牢，在大門口見到一個熟人。那人帥帥的，英俊瀟灑玉樹臨風，一臉笑容地看着她。不正是二皇子趙熙嗎？

　　「是你啊！你不是說起碼半個月才能回來嗎？」小嵐驚喜地問。

　　趙熙說：「事情辦得順利，所以就提早回來了。也幸虧我回來早了，要不你就麻煩了！」

　　趙熙怕嚇着小嵐，沒告訴她自己派人殺了那個蒙面

殺手、把她救了的事。

「我是小福星嘛，能逢凶化吉。」小嵐笑着說。

趙熙說：「事情查清楚了，你父親的確是被冤枉的。父皇已經拘捕了趙永，等搜集到更多罪證，再作處理。」

「哼，這就叫天網恢恢，疏而不漏。」小嵐得意地說。

趙熙笑着點了點頭，表示認同，又說：「父皇讓我問你，一事歸一事，他會替你父親平反，官復原職。但你立功的事也要賞，他準備獎勵五萬兩銀子給你。」

五萬兩銀子，在宋朝是一筆巨款了，可以買很多很多東西了。

但小嵐搖搖頭，說：「父親冤情能昭雪，我已經很滿意了，我不要什麼獎賞。請皇上把這五萬兩銀子拿去救助災民吧！我相信還有很多像劉大叔他們那樣的災民，仍在飢餓貧困中掙扎着，把錢給他們吧！」

趙熙點點頭，說：「好的，我尊重你的意願，我會轉告父皇，把五萬兩銀子用於救濟災民的。謝謝你！有關你父親平反、官復原職的聖旨，很快會送往白雲山的。」

小嵐説：「好。我想儘快回去，把好消息告訴爹娘。」

趙熙説：「那我馬上安排人送你回去，相信我們很快會再見面的。」

在趙熙的幾名侍衛保護下，小嵐回到了白雲山。

過了幾天，馬仲元平反的聖旨到了，彩虹村的村民這才知道，原來這位溫和的讀書人是朝廷大官。

大家都想留小嵐一家多住些日子，但因為聖旨有限定回朝廷報到的日期，他們兩天後就要起程回京城了。

這兩天，小嵐一家都在跟村民的告別中度過，彼此都依依不捨的。青苗拉着小嵐和曉星，哭了一場又一場，直到劉大勇承諾以後有空帶她去京城，探望小嵐一家，她才住了聲。熱情的村民送來了很多禮物，珍貴草藥啊、乾蘑菇啊、野果子啊，還有饅頭啊、水煮雞蛋啊等各種路上吃的東西。

從這些禮物也可以看到，村民們的生活水平已經大大提高了，不然他們是拿不出這些東西的。

兩天後的早晨，小嵐一家坐着趙熙給他們送來的馬車，出發回京了。村民們送了一程又一程，叮囑的話説了一遍又一遍，直到太陽當空照，中午時分了，馬仲元

勸了又勸，他們才停住了送行的腳步。

小嵐和曉星都哭了，雖然說流放對他們是一種災難，但正是這場災難，讓他們收獲了友誼，讓他們體驗了人間溫暖。

因為有了馬車，他們很快就回到了京城，宋太宗已經發還他們原來的房子，趙熙還把他們以前的僕人找回來了，所以他們直接回到了家。

最高興的就是曉星了，因為他又見到了那些丫鬟小姐姐，又可以跟她們玩捉迷藏了。

第二天是個大晴天，曉星一大早就起來了，他剛來到宋朝，還沒有好好看看自己的家，就被流放了。所以他吃完早飯後，就自個兒蹦蹦跳跳地去了花園，看看小橋、看看流水、看看水裏的魚，興高采烈的。

走着走着，前面是個纏滿長青藤的拱門，曉星想也沒想，一腳踏了進去。眼前是一條兩旁全是灌木的林蔭小路，沙沙沙，有腳步聲，一隻小動物進入了視線……

「小豬笨笨？！」曉星驚喜地喊了一聲：「笨笨，你也穿越了？」

小豬笨笨歪着腦袋，用兩隻小黑眼睛疑惑地看着曉星，好像不明白他說什麼。

曉星愣了愣，不對啊！這裏怎麼像是嫣明苑？！

不是像，根本就是嫣明苑啊！

這時又傳來了腳步聲，兩個女孩走來了，是小嵐和曉晴！啊，原來自己回到現代了！

曉星急忙跑過去，對小嵐說：「小嵐姐姐，你也從宋朝回來了？」

小嵐睜大了眼睛，一臉的奇怪：「我什麼時候去過宋朝？」

曉星說：「去過！我跟你還有馬伯伯趙阿姨一塊去的。我們全家被流放，又冷又餓，吃盡苦頭。我們認識了大勇叔、青禾、大壯，還遇到了有點像萬卡哥哥的二皇子，好心的馮大哥……」

小嵐伸手摸摸曉星的額頭：「沒發燒啊，怎麼亂說話呢？」

曉晴聳聳肩：「我覺得他是剛做了個白日夢。」

兩個女孩決定不理他，手拉手走了。

曉星蹲下來，他扁扁嘴，委屈地對笨笨豬說：「幸好還有你肯聽我說。我真的去過宋朝了，還參加了守衛大興城的戰鬥。哇，我簡直太厲害了，向二皇子獻了草人借箭的妙計……」

公主傳奇32

穿越從捉迷藏開始

作　　者：馬翠蘿

繪　　畫：滿丫丫

責任編輯：林可欣

美術設計：李成宇

出　　版：新雅文化事業有限公司

　　　　　香港英皇道499號北角工業大廈18樓

　　　　　電話：（852）2138 7998

　　　　　傳真：（852）2597 4003

　　　　　網址：http://www.sunya.com.hk

　　　　　電郵：marketing@sunya.com.hk

發　　行：香港聯合書刊物流有限公司

　　　　　香港荃灣德士古道220-248號荃灣工業中心16樓

　　　　　電話：（852）2150 2100

　　　　　傳真：（852）2407 3062

　　　　　電郵：info@suplogistics.com.hk

印　　刷：中華商務彩色印刷有限公司

　　　　　香港新界大埔汀麗路 36 號

版　　次：二〇二一年十一月初版

ISBN：978-962-08-7888-6